5부에서 2부까지 18개월간의 기록

아티스트의
탁구 노트

아티스트의 탁구 노트

발행일	2015년 11월 30일

지은이	황 세 진		
펴낸이	손 형 국		
펴낸곳	(주)북랩		
편집인	선일영	편집	서대종, 김아름, 권유선, 김성신
디자인	이현수, 신혜림, 윤미리내, 임혜수	제작	박기성, 황동현, 구성우
마케팅	김회란, 박진관		
출판등록	2004. 12. 1(제2012-000051호)		
주소	서울시 금천구 가산디지털 1로 168, 우림라이온스밸리 B동 B113, 114호		
홈페이지	www.book.co.kr		
전화번호	(02)2026-5777	팩스	(02)2026-5747

ISBN	979-11-5585-834-9 03810(종이책)	979-11-5585-835-6 05810(전자책)

이 도서의 국립중앙도서관 출판예정도서목록(CIP)은 서지정보유통지원시스템 홈페이지(http://seoji.nl.go.kr)와
국가자료공동목록시스템(http://www.nl.go.kr/kolisnet)에서 이용하실 수 있습니다.
(CIP제어번호 : CIP2015032591)

성공한 사람들은 예외없이 기개가 남다르다고 합니다.
어려움에도 꺾이지 않았던 당신의 의기를 책에 담아보지 않으시렵니까?
책으로 펴내고 싶은 원고를 메일(book@book.co.kr)로 보내주세요.
성공출판의 파트너 북랩이 함께하겠습니다.

5부에서 2부까지 **18개월간의 기록**

아티스트의
탁구 노트

황세진 지음

북랩 **book** Lab

프롤로그

2011년 11월 마을 탁구장에 등록했다. 130여 명 규모의 탁구장이다. 한 달 정도 많은 회원과 게임을 했다. 12월에 부수(누가 몇 부에 속하는지) 공개하는 날이 있었는데, 실력별로 1부부터 6부까지 있었다. 나의 이름은 5부에 있었고, 5부란 지역 5부를 의미한다.

탁구장에 등록하기 전까지는 나름 잘 친다고 생각했었다. 중고등학교 시절, 교회에서 탁구를 잘 친다는 얘기도 들었고, 대학 때 탁구 수업을 수강할 때도 잘 치는 편이었다. 그리고 주민센터에서 운영하는 탁구 강좌를 수강할 때도 잘 치는 편이었는데, 탁구장에 와보니 너무나 작아진 나의 모습을 확인할 수 있었다. 고수가 이렇게나 많을 줄이야.

레슨도 받고 게임도 열심히 했다. 컨디션이 아주 좋은 날에는 4부를 이길 때도 간혹 있었다. 그러나 아무리 컨디션이 좋아도 3부를 이길 수는 없었다. 2부, 1부는 말할 것도 없다. 실력 차이가 너무 많이 났다.

두 달 정도 지났을 때 목표를 정하게 되었다. 그것은 바로 정성원 관장님을 이기는 것이었다. 정 관장님은 탁구장을 운영하는 분이다. 대학 탁구동아리 출신이고, 지역 3부에 해당하는 분이었다. 3부에서 가장 잘 치는 정도의 수준이었다. 물론 레슨을 해 주시는 분은 선수 출신의 코치님이 따로 계셨다.

정 관장님에게 물었다.

"제가 최선을 다해 레슨을 받으며 노력한다고 가정하고, 정 관장님 정도의 실력을 갖추려면 어느 정도 걸리겠습니까?"

"세진 씨 열정이라면 2년 정도 열심히 하면 될 수도 있죠! 파이팅!"

실제로 탁구장 회원 중에 매우 빨리 성장하는 회원이 1년에 한 부수 정도 승급한다. 2~3년에 한 부수 승급하는 사람도 있고, 5년에 한 부수 승급하는 사람도 있다. 5년 이상 레슨을 받아도 승급 못 하는 사람도 물론 많이 있다. 그야말로 즐탁(즐기는 탁구: 편집자 주)하는 분들이다.

나는 빨리 성장하고 싶었다. 빠른 속도로 성장할 때 장점이 많기 때문이다. 빨리 성장할수록 열정을 계속 유지할 수 있다. 또한, 빨리 성장할수록 더 재미있다. 내가 어느 정도 빨리 성장할지를 알기는 힘들지만, 목표를 높게 잡으면 목표를 이룰 가능성이 더욱 커진다. 설령 목표를 제한된 시간 안에 이루지 못할지라도, 목표를 세우지 않고 노력하는 것보다 훨씬 나은 결과를 얻을 수 있다. 그래서 2년 만에 정 관장님 정도의 수준으로 성장하는 것을 목표로 삼았다.

결론부터 말하자면, 탁구장에 등록한 지 7개월 만에 4부가 되었고, 다시 6개월이 지났을 때, 즉 탁구장 다닌 지 13개월 만에 3부가 되었다. 그리고 3부가 되고 얼마 지나지 않아서 정 관장님을 이기기 시작했다. 그리고 다시 5개월이 지난 후 2부가 되었다. 그러니까 18개월 만에 5부에서 2부까지 된 것이다.

이 책을 쓰는 이유는 중간 점검을 하기 위해서다. 첫 번째 목표를 이루고 나서, 그동안 메모했던 것을 정리하기 위해서다. 다음 목표를 설정하기 전에 지난날을 뒤돌아보고 앞으로 어떻게 할 것인지를 생각하기 위해서 글로 정리하게 되었다.

잠시 나를 소개하고 싶다. 나는 성악을 전공했으며, 18년 전부터 성악 발성을 가르쳐왔으며, 2008년에 '성악비법 24'라는 발성 책을 출간하게 되었다. 이 책을 통해 전문성을 인정받게 되었는데, 책의 내용의 핵심은 다음과 같다. 어렵고 추상적인 성악 발성을 쉬운 언어로, 이해할 수 있는 비유로 풀어낸 책이다. 또한, 오랫동안 성악 레슨을 받고, 성악 레슨을 하면서 빠르게 성장할 수 있는 노하우를 정리했다.

'아티스트의 탁구 노트'는 성악에서 배웠던 성장의 노하우를 탁구에 접목했던 내용을 정리한 것이다. 공부의 노하우와는 달리 몸으로 하는 예체능의 노하우는 통하는 부분이 많다는 것을 깨달았다.

나의 운동신경은 탁월한 정도는 아니다. 중상(中上) 정도라고 생각한다. 상위 30~40% 이내 정도. 물론 주관적인 생각이다. 일주일에 3~4일을 운동했으며, 2~3시간씩 운동했다. 즉 일주일에 적게는 6시간에서 많게는 12시간 정도 운동한 것이다. 나이는 30대 중후반이다. 10대나 20대보다 확실히 배움의 속도는 느리다. 그런데도 성악에서 배운 노하우를 접목한 덕분에 조금 빨리 성장할 수 있었다고 생각한다.

이 책이 추구하는 것은 '당신도 18개월 동안 열심히 하면 세 부수를 올릴 수 있습니다!'라는 내용의 책이 아니다. 다만 성장하기를 원하지만 막막한 분에게 약간의 힌트를 드릴 수 있다면 이 책을 쓴 나의 목적이 이루어진 것으로 생각한다.

2015년 12월
황세진

차례

18개월 연속으로 레슨받다

2011년 11월에 마들 탁구장에서 레슨을 받기 시작했다. 30대 후반의 여자 선수 출신의 L 코치님에게 레슨을 받았다. 왼손 셰이크 공격 전형이다.

나는 이전에 펜홀더 라켓을 사용하다가 주민센터 탁구수업에서 셰이크로 바꾼 지 얼마 되지 않은 상황이었다. 처음에는 일주일에 30분씩 2회 레슨을 받았다. 그렇게 3개월 동안 열심히 레슨을 받던 중 좋지 않은 소식이 전해졌다. 사정이 생겨서 L 코치님이 그만두게 되었다는 것이었다. 속상했지만 내가 통제할 수 없는 일이므로 받아들이는 수밖에 없었다.

그 후로 L 코치님의 남편인 K 코치님에게 레슨을 받게 되었다. 이분은 선수 출신이며 30대 후반의 펜홀더 공격형 전형이었다. 셰이크가 아니어서 아쉬웠지만, 그분의 레슨 방식이 나에게 잘 맞았다. L 코치님은 궁금한 점을 잘 설명해주고, 원리를 알려주는 스타일이라면, K 코치님은 설명보다는 몸으로 기술을 익히게 해주는 스타일이다.

처음에 30분 레슨을 받은 후, 레슨 강도가 너무 강하다는 것을 느끼고 20분씩 주 3회로 바꾸게 되었다. K 코치님에게 20분 레슨을 받으면, 마치 20분간 100m 달리기 하듯 전력 질주하는 느낌이었다. 겨울에 레슨을 받아도 땀으로 완전히 온몸이 젖을 정도로 강하게 레슨을 하는 스타일이다.

3개월 정도 레슨을 받다 보니, 팔꿈치에 너무 통증이 심해졌다. 이대로 가다가는 탁구를 하지 못할 상황이 올 것 같은 느낌이 들어서 20분씩 주 2회로 바꾸게 되었다. 그렇게 12개월 동안 레슨을 쉬지 않고 받았다.

그런데 또 안 좋은 소식이 들려왔다. K 코치님이 고등학교 코치로 떠나게 된다는 소식을 듣게 되었다. K 코치님에게는 정말 잘된 일이었고, 나에게는 너무나 아쉬운 일이었다.

K 코치님을 통해 5부에서 4부로, 4부에서 3부로 급성장했고, 이제 곧 2부를 앞둔 상황에서 떠나게 된 것이었다. 하지만 나의 의지와 관계없는 일이며, K 코치님에게는 매우 잘 된 일이라 받아들일 수밖에 없었다.

그 후로 P 코치님에게 레슨을 받게 되었다. 30대 중반의 선수

출신의 여자 코치이다. 오른손 셰이크 양핸드 공격형이다. 3개월
간 레슨을 받고 2013년 4월 말에 2부가 되었다.

Behind Story 1 한 주도 빠지지 않고 레슨받기

　필자는 성악을 배우고 가르치면서 레슨의 중요성을 알고 있었
기 때문에 레슨에 빠지지 않기 위해서 최선을 다했다. 물론 레슨
을 빠질 만한 여러 상황과 위기는 언제나 있기 마련이다. 필자도
주 2회 레슨 중에 1회를 빠진 적은 있다. 그러나 그달 안에 반드
시 보충을 받았다. (마들 탁구장에서는 한 달에 8회 레슨을 받는다면, 레슨을 한
번 빠지더라도 그달 안에 보충을 받을 수 있도록 배려를 해줬다. L 코치님과 K 코치님
도 그렇게 배려를 해줬다.)

　필자가 레슨을 못 한 경우는 두 경우였다. 명절 때 지방에 며칠
내려갔을 때나 심한 몸살로 집에 누워있어야 할 정도일 때이다.
웬만한 감기나 몸살 증세가 있을 때는 당연히 레슨을 받으러 갔
다. 물론 그 사실을 알렸다. 그 사실을 알리지 않고 레슨을 받다
가 실수율이 높아진 것 때문에 지적까지 많이 받으면 멘붕이 올
수도 있기 때문이다.

성악 레슨의 경우에도 웬만한 감기가 있어도 레슨을 진행한다. 단, 기침 감기나 심한 몸살이 왔을 때를 제외하고. 코감기, 목감기, 몸살 증세가 있어도 레슨을 받는다. 왜냐하면, 감기가 왔을 때 1주에서 2주 정도 쉬면 발성의 감각이 매우 무뎌지기 때문이다.

쉬는 것은 좋지만, 휴식 후에 다시 회복하려면 거의 두 배의 시간이 걸리게 된다. 1주를 쉬었다면 2주 정도 노력해야 아프기 전의 상태까지 회복하게 되고, 2주를 쉬었다면 4주 정도 노력해야 최상의 컨디션을 회복하게 된다. 성악 발성에서는 전진하지 않으면 후퇴하기 때문에, 웬만하면 아파도 레슨을 받는다. 약간의 전진을 위해서라도 레슨을 받는 게 좋기 때문이다.

어느 날 탁구장에서 나와 나이가 비슷한 친구와 대화하다가 새로운 사실을 알게 되었다. 내가 18개월 동안 한 달도 빠지지 않고 레슨을 받았다고 하니, 그 친구가 말하기를 마들 탁구장에서 그런 사람은 탁구장에 거의 없다고 했다.

부상 때문에, 일 때문에, 열정이 식어서, 코치가 맘에 들지 않아서 등 여러 이유로 도중에 레슨을 그만두는 경우가 많다. 레슨의 중요성을 뼈저리게 알고 적극적으로 레슨을 받으려고 하지 않으면 도중에 중지하거나 포기하게 된다. 레슨을 그만두면 성장은 둔화할 수밖에 없다.

기억에 남는 레슨이 있다면, 제주도에 2박 3일 가족여행을 다녀와서 받은 레슨이다. 집에 와서 아이들을 재우고 저녁 늦게 마지막 타임에 레슨을 받으러 간 것이다. 여행의 피로감 때문에 최상의 컨디션은 아니지만 레슨을 받았다.

한번은 눈이 너무 많이 와서 자동차가 다니기 힘든 상황이었다. 그때도 눈길을 조심히 운전하며 레슨을 받으러 갔다. 그날은 K 코치님이 댁에서 탁구장으로 버스로 넘어오다가 눈이 너무 많이 쌓여 4시간 만에 집으로 돌아가게 되어 레슨을 받지는 못했다. 일이 바빠서 정해진 시간에 레슨을 받지 못한 경우도 많았다. 그럴 때는 미리 사실을 알리고, 다른 날에 보충을 받았다. 내가 생각해도 귀찮을 정도로 수없이 연락하고 레슨을 받아냈다. 그런데도 항상 흔쾌히 레슨을 받도록 배려해주신 L 코치님과 K 코치님, 그리고 정 관장님께 감사의 말씀을 드린다.

레슨은 가장 강력한 성장의 도구

레슨은 전문가에게서 집중적으로 훈련받을 수 있는 최고의 도구이다. 선수 출신의 코치는 보통 초등학교 때 탁구를 시작해서 20대 초중반까지 훈련받으니까, 짧게는 10년에서 길게는 15년의 훈련 경험이 있다. 거기에 더해 레슨을 오래 한 코치는 레슨의 경험까지 축적되어 있다. 그런 코치에게 배운다는 것은 시행착오를 줄이며 집중적으로 좋은 습관을 익힐 수 있다는 것을 의미한다.

초등학교 6학년 즈음에 사촌 형과 탁구장에 간 기억이 있다. 며칠 동안 탁구를 하고, 몇 달 지나서 또 며칠 동안 탁구를 한 경험이 있다. 그리고 중학교 때부터는 교회에서 탁구를 했다. 일주일에 1회 정도 탁구를 했던 것으로 기억난다. 잘 치는 형들의 탁구를 보면서 조금씩 배웠다.

그리고 대학에서는 탁구 수업을 수강했다. 탁구 초급반 한 학기, 탁구 중급반 한 학기를 수강했다. 그래 봐야 학기 중에 일주일에 2시간 정도 탁구를 하는 것이다. 그리고 탁구장에 등록하기 전에 집 근처에 있는 주민센터에서 하는 탁구 강좌를 수강했다.

초급반을 수강하다가 중급반을 수강했다. 역시 일주일에 2시간 정도 탁구를 한 것이다. 기간으로 따지면 13세 때부터 22세, 그리고 탁구장에 등록하기 전까지 2년 정도. 그러니까 10년 이상의 구력을 가지고 있다고도 할 수 있다. 물론 드문드문 치긴 했지만. 그렇게 교회나 학교나 주민센터에서는 잘 친다는 소리를 들으면서 탁구를 한 결과 탁구장에서 5부 정도 된 것이다.

그에 비해 탁구장에 등록하고 레슨을 받은 18개월 동안에는 일주일에 3~4일을 2~3시간씩 집중적으로 시간을 투자했다. 제대로 된 레슨을 받지 않고 10년 이상 탁구를 한 것보다 레슨을 제대로 받은 18개월 동안에 훨씬 빠른 성장을 경험할 수 있었다. 물론 시간상으로 집중한 것도 중요했겠지만, 가장 큰 차이는 레슨의 차이라고 단언할 수 있다.

성악을 전공하는 경우에는 대부분이 레슨을 통해 전공자가 된다. 물론 극소수의 사람이 독학으로 성악가가 되는 경우도 있지만, 손에 꼽을 정도이다. 레슨을 받지 않고 취미로 성악을 공부하는 사람들이 있다. 어려운 곡도 연습하고, 음역도 키워나간다. 하지만 실력이 느는 속도가 더디다. 또한, 잘못된 습관을 지니기 쉽다. 그래서 어느 정도 성장하다가 제자리걸음 하는 경우가 많다.

실력이 늘더라도 높은 수준까지 도달하는 경우가 거의 없다. 성악에서 높은 수준이란 어려운 오페라 아리아를 제대로 부를 수 있는 수준을 뜻한다. 어려운 오페라 아리아는 대부분 음역의 폭이 매우 넓으며, 한 곡의 길이도 굉장히 길다. 그래서 발성이 제대로 잡혀있지 않으면 한 곡을 부르는 것조차 힘들다. 또한, 잘못된 습관으로 계속 노래하면 성대가 상하게 된다.

그런 상태로 오랫동안 노래하면 성대결절이 생긴다. 그것을 더욱 지속하면 완전히 목소리가 망가지게 되는 것이다. 잘못된 습관을 고치는 것이 백지에서 좋은 습관을 만들기보다 훨씬 어렵다. 그래서 잘못된 습관이 생기기 전에 레슨을 통해 올바른 발성을 배우는 것이 가장 빠른 성장의 비결이다.

나는 성악 분야에서 그런 경험을 했기 때문에 탁구를 배울 때 독학이나 고수를 통해 배우기보다는 전문가에게 제대로 배워야 하겠다고 생각하고 레슨을 시작했다. 비용을 내고 노력을 집중하는 것이 빠른 시일 내 큰 성장을 할 것이라고 믿고 시작했다.

정 관장님을 목표로 레슨받다

레슨을 시작할 때 목표를 분명히 설정했다. 정 관장님 정도의 실력을 갖추는 것이다. 정 관장님은 대학 때 탁구동아리 활동을 했던 분이다. 지역 부수로 3부 정도 되는 분인데, 3부에서 가장 강한 정도의 실력을 갖추고 있는 분이다.

필자가 탁구장에 등록했을 당시 5부였는데, 컨디션이 매우 좋은 날에는 핸디 없이 4부에 해당하는 사람과 경기해서 이긴 적도 있었다. 그런데 컨디션이 정말 좋은 날에도 핸디 없이 3부를 이기는 경우는 거의 없었다.

두 부수의 차이는 어마어마한 차이였다. 핸디를 3점을 받아도 이기기가 쉽지 않다. 일단 3부의 서비스는 너무나 어렵게 느껴졌다. 서비스를 잘 받아내도 바로 공격을 당한다. 3부와 시합하면서 좌절감을 느낄 정도였다. 그래서 '내가 3부의 실력을 갖출 정도가 되면 얼마나 좋을까?' 생각하기 시작했다. '레슨을 열심히 받아서 3부가 될 수 있다면 얼마나 좋을까?'라고 시도 때도 없이 상상하기 시작했다.

그래서 정 관장님에게 물어봤다.

"제가 최선을 다해 레슨받으며 노력한다고 가정하고, 정 관장님 정도의 실력을 갖추려면 어느 정도 걸리겠습니까?"

"세진 씨의 열정이라면 2년 정도 열심히 하면 될 수도 있죠! 파이팅!"

나는 그 말을 믿고 레슨을 받기 시작했다. 2년 동안 최선을 다해 레슨을 받아서 정 관장님 정도의 실력을 갖춘다면, '대성공!'

목표를 분명하게 설정하고 나니까 레슨을 받을 때 더욱 집중하게 되었다. 정 관장님은 오른손 셰이크 양핸드 공격형이다. 포핸드 드라이브, 뜨는 공은 스매싱, 백핸드 드라이브, 블록, 쇼트 등 다양한 기술을 자유자재로 구사했고, 서비스도 같은 폼에서 하회전, 무회전, 회전까지 다양했다. 나는 그런 기술을 내 기술로 익히고 싶었다.

5부 때 레슨을 받으면서 포핸드 드라이브를 할 때 가장 지적을 많이 받은 것은 공이 맞는 면이 너무 얇다는 것이었다. 그래서 회전은 많이 걸리지만, 루프 드라이브식으로만 기술이 구사될 수밖에 없었다.

또한, 공의 정점에서 드라이브를 거는 것이 아니라 공이 떨어질 때 드라이브를 거는 습관이 있었다. 그래서 계속 뒤로 물러나는 습관을 지니고 있었다. 그러다 보니 루프 드라이브를 잘 다루는 사람에게 도리어 공격당하기 일쑤였다.

그리고 연속 드라이브의 성공률이 낮았다. 내가 드라이브를 구사한 후 상대가 쇼트나 블록으로 받아내면, 그 공에 놀라서 실수하거나 블록을 대주었다. 결국, 실점하고 선제를 빼앗기는 탁구를 하고 있었던 것이었다.

레슨을 받으면서 연속 드라이브의 성공률이 점점 높아졌고, 면을 두껍게 드라이브하는 방법을 배우기 시작했고, 정점에서 치는 습관으로 바꾸기 시작했으며, 드라이브 후에 빨리 자세를 잡는 방법을 깨우치기 시작했다.

그리고 셰이크핸드의 로망인 백핸드 드라이브를 배우기 시작했다. 처음에는 실수가 너무 잦아서 공이 네트에 걸리거나 탁구대 너머로 홈런을 치기 일쑤였다. 그런데 신기하게도 레슨을 받을 때마다 조금씩 성공률이 높아지는 것을 경험하기 시작했다.

장지커 선수나 마롱 선수처럼 서비스에 대한 2구 공격을 '치키타' 기술이나 대상 백핸드 드라이브 혹은 백핸드 플릭으로 공격하는 것을 배우고 싶었다. 그래서 코치님께 가르쳐 달라고 요청했다.

5부 때부터 그 기술을 배우기 시작했다. 처음에는 레슨 할 때도 10%의 성공률도 나오지 않았다. 그런데도 계속 레슨받으니까 성공률이 점점 높아지기 시작했다. 레슨 때 배운 것을 게임을 할 때 써먹기 시작했다.

물론 레슨 때보다 더욱 성공률은 떨어졌다. 레슨 때보다 절반 이하로 성공률은 떨어졌다. 하지만 개의치 않고 계속 시도했다. 중요한 시합에서는 신중하게 시도했지만, 일반 게임에서는 실점하더라도 자주 시도했다.

결국, 7개월 후에 4부로 승급할 당시에는 포핸드 드라이브의 연속 드라이브 성공률이 높아졌고, 백핸드 드라이브의 성공률도 높아졌다. 시합에서 치키타 기술도 자주 사용하게 되었다.

부수 파악하기

2011년 11월에 등록하고 12월에 탁구장에 전체적으로 부수를 정리하는 기간이 있었다. 그때 며칠 동안 탁구장에 부수 표를 붙여놓았는데, 그때 스마트폰으로 사진을 찍어놓았다. 그것을 토대로 분석해 보았다.

1부 – 3명   상위 3% 이내

2부 – 7명   상위 8% 이내

3부 – 11명   상위 16% 이내

4부 – 20명   상위 30% 이내

5부 – 44명   상위 62% 이내

6부 – 53명   100%

합계 – 138명

부수 표를 인쇄해서 가방에 넣어 다녔다. 첫 번째 단기목표를 정했다. 5부의 강자가 되는 것이다. 즉, 5부의 모든 사람과 게임을 해서 이겨보는 것을 목표로 삼았다.

그렇게 하기 위해서는 먼저 이름과 얼굴을 익히는 것이 중요했다. 얼굴은 알지만 이름을 모르는 경우가 많았다. 이름을 굳이 밝히지 않는 사람도 많았다. 회원이 많아서 별명을 부르는 경우도 많았다.

나는 이름을 파악하기 위해서 기회만 나면 내 이름을 먼저 소개했다. 그리고 정중하게 성함을 물어봤다. 처음에는 사람들이 어색해 하면서도 이름을 반복해서 불러주니까 빨리 친해지게 되었다. 그래도 탁구장이 워낙 크고, 시간대별로 오는 사람이 달라서 이름과 얼굴을 익히는 데 몇 달 걸렸다.

이름을 빨리 익히기 위해서 그 사람의 특징을 이름 옆에 메모했다. 그 사람의 별명과 전형 스타일, 나이, 직업, 인상착의를 토대로 메모했다. 아마 관장님과 코치님을 제외하고 내가 이름을 가장 정확히 아는 사람이 되었을 것이다.

이름이 파악되면 집중적으로 5부의 명단에 있는 사람들과 게임을 진행했다. 적극적으로 한 게임 하자고 제안하면 흔쾌히 응해주었다. 마들 탁구장에서는 심판을 보는 사람이 다음 게임에 참여할 수 있는 무언의 룰이 있었다. 그래서 내가 원하는 상대가 게임을 하고 있으면 심판을 보며 게임에 적극적으로 참여했다.

이런 방식으로 5부의 사람들과 게임을 했다. 5부 중에는 내가 쉽게 공략할 수 있는 사람도 있었고, 매번 고전하는 사람도 있었다. 5부 때 어려웠던 사람들이 있었는데 공통점이 있었다. 기본기가 잘 잡힌 5부 아줌마들이었다. 조금만 공이 뜨면 여지없이 스매싱이 날아오고, 하프발리도 매우 빠르며 정확하다. 그리고 코스로 공략을 잘한다.

또 어려운 분들이 있었는데, 일명 '막탁구' 스타일의 분들이다. 변칙으로 경기하는 스타일인데, 서비스도 다양하고, 공이 날아오는 궤도가 다른 경우가 많았다. 역회전으로 날아오기도 하고, 무회전으로 날아오기도 한다. 또한, 독특한 하회전 볼로 보내기도 한다.

5부 때 가장 약했던 부분 중에 하나는 회전 서비스이다. 지금은 드라이브나 플릭으로 처리하지만, 당시에는 리시브에 실수가 잦았다. 블록을 대주다가 공격당하고, 공이 떠서 나가고, 테이블을 벗어나서 나가는 경험을 많이 했다. 이렇게 어려운 서비스를 접하면 어떻게 극복할 수 있는지 레슨 때 질문하고 집중적으로 레슨을 받았다. 레슨을 받는다고 해서 즉시 극복되는 것은 아니지만,

점점 공을 보는 눈이 생기면서 극복되기 시작했다.

　5부 명단에 있는 분들을 한 명씩 체크하며 다양한 전형을 극복해 갔다. 한두 번 승리했다고 해서 극복했다고 할 수 없다. 최소한 다섯 번 이상 승리한 경험이 있어야 극복했다고 할 수 있다. 그렇게 몇 개월에 걸쳐 나만의 목표를 이루어갔다.

'열탁'에 가입하다

마들 탁구장에서는 당시 매달 둘째 주 토요일 오후에 정기적으로 시합했다. 하지만 나는 토요일에 일하는 경우가 많아서 참석하기 어려울 때가 많았다. 시합을 나가야 실력을 점검할 수 있는데 일정이 겹쳐서 아쉬웠다.

그러던 중 탁구장에 다닌 지 3개월이 지났을 때 '열탁'에 가입했다. 열탁은 마들 탁구장의 동호회 중의 하나이다. 40~50대 남성이 주축으로 되어 있으며, 15명 내외의 동호회이다. 그중에 내가 막내이다.

부수는 탁구장과 약간 다르다. 탁구장은 1부부터 6부까지 있다면, 열탁은 1부부터 9부까지 나누어져 있다. 탁구장의 6부를 더 세분화해서 9부까지 나누어져 있다. 처음 열탁에 가입했을 때 5부로 시작했다.

열탁은 매월 단식 리그와 복식 리그를 진행한다. 단식 리그는 일주일에 걸쳐서 매일 저녁 9시부터 11시까지 진행한다. 풀리그로 진행해서 5판 3승으로 시합을 하고, 세트 득점을 통계를 내어서 순위를 가린다. 즉, 패하더라도 3대 0으로 지는 것보다 3대 2로 지는 것이 점수에 유리한 것이다.

1위부터 3위까지는 소정의 상금이 있고, 넉 달 중에 두 번 이상 3위 안에 입상하면 승급을 하게 되고, 평균 등수를 계산해서 하위부수라도 많이 성장한 사람은 승급하게 되는 시스템이다.

복식 경기는 매월 1회 진행을 하며 파트너는 당일 날 추첨으로 결정된다. 복식에서는 1위 팀과 2위 팀에게 상금을 지급하며 승급과는 무관하게 진행된다. 또한, 매월 회식을 한 번 진행한다.

열탁에 가입한 이유가 있다. 정기적으로 시합할 수 있고, 나의 실력을 객관적으로 평가할 수 있는 장점이 있기 때문이었다. 마들 탁구장에는 '마탁'이라는 동호회도 있는데, 그곳은 1부부터 5부까지 있으며 주로 나보다 고수들이 많았다.

배울 수는 있지만, 자신감의 측면에서는 열탁이 나에게 맞았다. 열탁에서는 중상위급에 포함되었기 때문에 승률이 높은 편이었다. 초보자의 입장에서는 나에게 더욱 도움이 되는 동호회라고 판단했다.

인터넷에 찾아보면 동호회가 매우 많다. 시합할 수 있는 곳도 매우 많다. 그런데 나의 실력에 비해 너무 수준이 높거나 너무 낮으면 도움이 되지 않는 경우가 많다.

내가 아는 분 중의 한 분은 열탁 부수에서 8부 정도에 해당하는 분이다. 레슨을 일주일에 20분씩 3회를 받고, 하루에 5시간 이상을 탁구장에서 보내는 분이다. 기본기 연습을 열심히 하는 편이지만 게임을 거의 하지 않았다.

코치님의 권유로 시합을 나갔는데, 한국에서 가장 수준 높은 시합에 매주 나갔다. 그곳의 부수는 서울 지역 부수보다 한 부수 또는 두 부수 높다. 즉 그곳의 3부는 서울 지역 부수의 2부(강 2부 또는 약 1부)에 해당한다. 그런데 그 시합은 1부부터 5부까지 진행을 하게 된다. 즉 열탁 부수로 계산하자면, 0부에서 4부까지 나오는 곳이라고 할 수 있다.

그분은 시합에 나갈 때마다 전패한다. 한 세트를 얻는 게 소원이라고 한다. 열탁 부수로 8부에 해당하는 분이 4부와 핸디 없이 시합한다고 하면, 실력의 격차가 너무 심하게 나는 것이다. 시합에 나갈 때마다 좌절하고, 탁구는 너무 어려운 운동이라고 토로한다.

이 경우는 자기 실력보다 지나치게 높은 곳에 시합을 나갔기 때문에 생기는 부작용이다. 물론 성격이 매우 강해서 꿋꿋이 강자들과 대결해서 배울 수만 있다면 괜찮다. 하지만 그런 사람은 극소수에 불과하다.

대부분 사람은 적절한 수준에서 성장하는 자신의 모습을 확인하며 자신감을 느끼게 된다. 그 자신감이 쌓여서 열정을 계속 유지할 수 있으며, 그 열정으로 더욱 노력하게 되고 성장하게 된다. 선순환을 경험하게 되는 것이다. 내가 초기에 자신감을 쌓을 수 있었던 원인은 적절한 수준의 동호회에서 시합했기 때문이다.

열탁의 좋은 점 중에 하나는 복식 게임을 꾸준히 한다는 것이다. 탁구장에서도 복식 게임을 하지만, 정기적인 시합에서는 거의 진행하지 않는다. 나보다 뛰어나거나 부족한 실력의 파트너와 호흡을 맞추기는 쉽지 않은 일이지만, 매달 진행되는 복식 게임을 통해 점점 배우게 된다. 실수해도 괜찮다고 격려해주고, 멋진 공격에 성공했을 때는 큰 환호로 기뻐해 준다.

단식과는 달리 동선이 중요하여서 단식에서 체험하지 못했던 풋워크를 배우게 되고, 파트너와 번갈아가며 자리를 잡고 공격과 수비를 하는 감(感)을 익히게 된다. 탁구장에서는 2부 이상의 고수들이 복식 게임을 하는 모습을 본 적이 거의 없는 것 같다. 앞으로 단체전에 나가게 될 때 복식 게임의 경험은 큰 자산이 되리라고 본다.

YG 서비스를 배우다

세계적인 선수 중에 개인적으로 가장 좋아하는 세 명의 선수가 있다. 마롱, 장지커, 티모볼 선수이다. 이 선수들의 영상을 구해서 스마트폰에 저장하고 시간이 날 때마다 감상했다.

처음에는 그들의 플레이에 감탄하고 즐겼지만, 반복해서 감상할수록 배우고 싶은 열망이 강해지게 되었다. 물론 감상한다고 해서 많이 배울 수 있는 것은 아니지만, 배우고 싶은 목적으로 감상하면 많이 배울 수 있다.

그중에 가장 먼저 배운 것이 서비스이다. 장지커와 티모볼의 YG 서비스를 배우고 싶었다. YG 서비스의 뜻을 탁구 카페에서 찾아봤다. 'Young Generation'의 약자로 역횡회전 서비스이다. 처음 사용됐을 때 젊은 세대의 선수들이 주로 사용해서 YG 서비스라고 불렀다.

처음에는 영상을 보며 단순하게 흉내를 내는 방식으로 연습했다. 그립을 서비스 넣기 쉽게 바꿔주고, 손목을 꺾었다가 펴면서 타이밍을 맞추어나갔다. 그런데 초기에는 생각보다 실수가 잦았다. 일단 손목이 굳어있어서 굽혔다가 펴기가 쉽지 않았고 뜻대로 움직이지 않았다. 무엇보다 어려운 것은 타이밍을 맞추는 것이었다. 공을 띄웠다가 라켓에 맞출 때의 타이밍을 잡는 것이 어려웠다.

실수를 많이 했지만 계속 반복하며 연습을 했다. 시간 날 때마다 20분에서 30분 동안 서비스를 연습했다. 서비스 연습을 반복할수록 성공률이 점점 높아져 갔다. 한 달 정도 연습하다 보니 게임에서도 YG 서비스를 구사할 수 있게 되었다. 하지만 단조로운 수준이었다. 역횡회전 한 가지 서비스를 넣을 수 있을 정도였다.

몇 달 후에 탁구장에서 시합하게 되었는데, 초등학교 3~4학년 선수들 3명이 참가하게 되었다. 키도 작고 힘도 약해 보였다. 나는 4학년 학생과 시합을 하게 되었는데, 3대 1로 패하게 되었다.

일단 서비스가 다양해서 리시브에서 실점이 많았다. 드라이브도 생각보다 회전이 많아서 블록을 대면 튕겨 나갔으며, 내가 드라이브로 공격했을 때 쉽게 수비를 하는 것이었다. 그것에 당황해서 또 실점했다. 참패하게 되었다. 나중에 알고 보니 그 학생들의 실력은 탁구장의 기준으로 3~4부에 해당한다고 했다.

시합을 끝내고 쉬고 있을 때 그 초등학생 옆으로 가서 궁금한 점을 물어봤다. 얼마나 탁구를 했는지, 하루에 연습은 얼마나 하는지 질문했다. 그 학생은 3년째 탁구를 하고 있다고 했다.

연습은 방과 후 오후 2시부터 7시까지, 월요일부터 금요일까지 진행한다고 했다. 충격적이었다. 연습량이 생각보다 많았다. 그중에 인상적인 내용은 매일 서비스 연습을 한 시간 이상 한다는 것이었다. 서비스가 강한 이유가 있었던 것이었다. 손목의 힘이 어른보다 약할 수밖에 없지만, 어마어마한 연습량으로 훈련되어 있었던 것이었다.

그날 이후로 생각을 바꾸게 되었다. 이전에도 레슨 때 코치님이 서비스 연습의 중요성에 대해 강조했지만, 초등학생과의 시합과 대화를 통해 서비스 연습에 대한 강한 동기부여를 받게 되었다.

그래서 나도 서비스 연습을 1시간 이상 해보리라 결심하게 되었다. 그런데 막상 서비스 연습을 하려고 하니 막막했다. 20~30분 연습하기도 쉽지 않은데 어떻게 한 시간 동안 서비스를 연습할까. 지루하고 재미없을 것 같은 마음이 있었다.

그즈음에 좋은 영상을 발견하게 되었다. 고슴도치 탁구클럽 카페(Daum)에서 '오리지날' 님의 '서비스 집중공략'이라는 영상을 알게 되었다. 그 영상을 보는 순간 '이거다!'라고 생각했다. 하회전,

무회전, 횡회전, 전진회전 등 다양한 서비스를 어떻게 구사해야 할지 자세히 소개되어 있었다. 영상에서 소개한 것을 모두 연습하려면 한 시간도 부족해 보였다.

일단 가장 관심 있는 YG 서비스를 공부하며 연습했다. 서비스의 길이를 짧게도 연습하고 길게도 연습했다. 서비스의 방향은 좌, 중, 우 방향으로 설정해서 연습했다. 이렇게 서비스의 길이와 방향을 연습하니 '경우의 수'가 무척 많아졌다.

혼자 한 시간 동안 땀을 흘리며 지루하지 않게 재미있게 연습했다. 그리고 게임에서 바로 적용해 보았다. 이전에도 YG 서비스를 사용했지만, 변화된 YG 서비스를 구사하는 순간 득점률이 매우 높아졌다. 서비스를 받는 분들도 머리를 갸우뚱하며 "왜 이렇게 어려워졌지?"라고 했다. YG 서비스의 연습은 효과만점이었다.

그즈음에 새롭게 찾게 된 영상이 있었다. 그것은 '오리지날' 님의 'YG 서비스의 이해'라는 영상이다. 이 영상을 통해서 더욱 업그레이드된 YG 서비스를 구사할 수 있게 되었다. 이전의 YG 서비스는 역횡회전 한 가지로 길이와 방향을 다양하게 구사했었다.

이 영상에서 소개하는 내용은 횡회전뿐만 아니라 같은 폼에서 전진회전, 하회전까지 구사하는 방법에 대한 내용이다. 이 방법을 정확하게 구분해서 서비스를 구사하기까지 오랜 시간이 소요되었지만, 그 효과는 파괴적이었다. 전진회전, 횡회전, 하회전에 길이를 짧게, 길게 구사하고, 방향을 좌, 중, 우로 구사하게 되니까 어마어마한 '경우의 수'가 발생하게 된 것이었다.

5부나 4부 때는 서비스의 실력만으로도 많은 득점을 하게 되어서 서비스에 많이 의존하는 부작용까지 생기게 되었다. 그런데 3부 이상의 실력자에게는 그 서비스가 통하지 않을 때도 잦았기 때문에 다른 공격 기술 능력을 키워야만 더 높은 수준으로 갈 수 있음을 깨닫게 되었다.

승급에 대한 나의 기준

마들 탁구장에서는 매달 1회 시합을 진행한다. 둘째 주 토요일 오후에 시합한다. 예선과 본선을 진행하는데, 예선에서는 5~6명이 리그로 진행을 한다. 예선 성적으로 3위 또는 4위까지 상위 토너먼트에 진출하고, 5~6위는 하위 토너먼트에 진출하게 된다. 상위 토너먼트에서 우승하면 한 부수 승급을 하게 된다.

그런데 나의 경우 토요일 오후에 참석하기 어려운 경우가 많았다. 보통 토요일 저녁까지 일해서 시합에 참여하지 못하는 경우가 많았다. 그래서 어떻게 하면 한 부수 승급할 수 있는 실력을 얻을 수 있을지 고민을 했다. 오랜 고민 끝에 나온 결론은 다음과 같다.

1. 같은 부수의 모든 사람을 3대 0으로 5회 이상 이긴다.
2. 위 부수와 핸디 없이 경기해서 70% 이상의 승률을 거둔다.

위의 두 가지를 완수하면 주위에서 알아서 말해준다. '저 친구는 승급해야 해!'라고.

나는 탁구장에 등록한 지 얼마 지나지 않았을 때 탁구장 부수 표를 입수하게 되었다. 그 부수 표를 보며 먼저 5부와 4부에 해당하는 사람들과 집중적으로 게임을 했다. 5부의 모든 사람에게 3대 0으로 5회 이상 이기기까지 적지 않은 시간이 걸렸다.

다양한 전형의 모든 사람을 이기기 위해서는 압도적인 실력을 갖추고 있어야 한다. 5부의 명단에 있는 모든 사람을 체크하며 전략적으로 게임을 했다.

다음으로 4부의 사람들과 게임을 했다. 처음에는 핸디를 2점 받고 게임을 하다가 3대 0으로 이기기를 반복하자 핸디 없이 게임하자고 제안을 해왔다. 그때 나는 "아직 실력이 부족하지만, 핸디 없이 도전해보겠습니다!"라며 게임에 임했다. 초기에는 핸디 없이 게임을 할 때 지는 경우가 많았다.

몇 달에 걸쳐서 치열하게 레슨을 받고, 서비스를 연습하고, 열탁에서 게임을 한 경험이 쌓이자 4부의 사람들을 핸디 없이 이기기 시작했다. 마들 탁구장에는 당시에 20여 명의 4부가 있었는데, 그중에 핸디 없이 15명 정도를 이기게 되자, 대부분의 사람이 나에게 4부라고 인정해줬다. 특히 4부에 해당하는 사람들은 시합에 나올 때 꼭 4부로 나와야 한다고 격하게 말해줬다. 코치님과 관장님도 그렇게 인정해줬다.

2013년 초에 코리아 탁구장에서 열리는 리그에 참여하게 되었다. 대한민국에서 가장 실력이 뛰어난 사람들이 모두 모여 있는 듯한 느낌을 받았다. 서울 지역 부수보다 수준이 높았다.

그곳에서는 어떻게 승급되는지 알아보았다. 우승을 여러 차례 했을 경우에 승급되기도 하지만, 가장 중요한 기준은 기존에 참여하는 분들의 입김과 운영자의 판단이다.

압도적으로 높은 실력을 갖추고 있는 사람이 있으면 동일 부수의 사람들이나 위 부수의 사람들이 운영자에게 "저 사람은 한 부수 올려야 합니다."라고 말하기 시작한다. 이런 이야기를 반복적으로 많이 듣게 되면 그 사람은 한 부수 올라간다.

코리아 탁구장 경기에서 4부나 5부는 상위 토너먼트에서 우승하기가 사실상 쉽지 않다. 아무리 실력이 뛰어나고 핸디를 많이 받고 경기를 해도 1부나 2부를 이기기 쉽지 않기 때문이다. 워낙 뛰어난 고수들이 많아서 4강이나 결승까지 올라가기가 쉽지 않다.

그래서 4부나 5부의 경우에는 동일 부수나 위 부수의 사람들의 의견이 적극적으로 반영되는 것 같았다. 여기서 압도적인 실력이란 위에서 언급한 두 가지 기준 정도라고 생각한다. 시합에 정기

적으로 참여하지 못하는 사람은 위의 두 가지 기준으로 도전해보
길 바란다.

메모하면 레슨의 핵심을 파악할 수 있다

같은 레슨을 받고도 빨리 성장하는 사람이 있고, 그렇지 않은 사람이 있다. 여기에는 여러 가지 이유가 있다. 운동 신경, 체력 조건, 나이 등 조건이 달라서 성장의 속도가 차이 난다. 만약 운동 신경, 체력 조건, 나이가 비슷하다고 가정하고 빨리 성장하려면 어떻게 해야 할 것인가?

나는 15년 정도 성악 레슨을 받았으며, 18년 이상 성악을 가르쳤다. 성악에서도 같은 레슨을 받지만, 성장이 빨리 되는 학생이 있고 성장이 느린 학생이 있다. 재능의 차이에서 성장의 속도의 차이가 크게 나지만, 재능이 비슷한 경우에도 성장의 속도가 차이 나는 경우가 많다. 빠르게 성장하는 데는 이유가 있다. 여러 이유 중에 하나는 핵심을 파악하는 능력이다.

레슨을 받을 때 핵심을 빨리 파악하는 사람이 있고, 핵심이 무엇인지 파악하지 못하는 사람이 있다. 레슨을 받을 때 가장 중요한 핵심을 빨리 파악하고, 그것에 집중하면 빨리 성장한다. 반면 레슨을 받으면 막연히 좋아질 거로 생각하고 레슨받는 사람은 전자보다 성장이 더딜 것이다.

핵심을 파악하는 능력은 스포츠뿐만 아니라 공부에서도 중요하다.

김병완 씨의 저서 『48분 기적의 독서법』에서 핵심을 파악하는 능력에 대한 이야기를 소개하고 싶다.

'학창시절, 공부를 별로 안 하는 것 같은데도 시험만 보면 전교 1등을 하는 친구가 있었다. 학교 수업을 마치면 중상위권 친구들은 공부하러 가기에 바쁘다. 그런데 이 친구는 공부를 포기한 친구들과 함께 야구를 하거나 농구를 하곤 했다.

그렇게 1시간 정도는 운동하고 친구들과 놀았다. 그런데 시험만 보면 전교 1등이었다. 그 비결이 무엇일까? 나는 그 비결이 궁금해 그 친구에게 물어보았지만, 그 친구는 절대 알려주지 않았다.

그로부터 몇 년이 지난 후 동창회 모임에서 자신의 공부비결을 공개했다. 그것은 시험에 나오는 것만 공부한다는 것이었다. 시험에 나오지 않는 것에는 시간을 낭비하지 않고, 오로지 시험에 나오는 핵심만 찾아 공부했다고 했다. 결국, 그 친구는 우리보다 공부 실력이 뛰어난 것이 아니라 핵심을 찾아내는 능력이 뛰어났다.'

그렇다면 핵심을 가장 잘 파악하는 방법은 무엇일까? 그것은 메모이다. 레슨받을 때마다 메모하면 반복적으로 기록하게 되는 내용을 확인하게 된다. 좋은 코치는 중요한 내용을 반복적으로 알려주기 때문에 그것을 기록하면 단시간 내에 핵심을 파악하게 된다.

나는 레슨이 끝날 때마다 스마트폰의 메모장에 기록했다. 일단 모든 레슨 내용을 기록했다. 기록하다 보면 레슨 때마다 반복되는 내용이 있다. 그것이 가장 중요한 내용이며 핵심이다.

같은 내용을 반복해서 적는 일은 지루한 일이다. 그런데도 또 적었다. 왜냐하면, 반복되는 내용이라고 기록하지 않기 시작하면 메모 습관 자체가 점점 없어지게 되기 때문이다. 지루해도 재미없어도 무조건 모든 내용을 기록하려고 노력했다. 그렇게 기록하면 레슨의 핵심이 무엇인지 명확하게 드러나게 된다.

레슨의 핵심을 파악하게 되면 집중할 수 있게 된다. 핵심에 집중한다는 것은 핵심이 아닌 것에 무관심해진다는 뜻이다. 나의 한정된 시간과 에너지를 핵심이 아닌 것에 사용하지 않고 오로지 핵심에 집중하는 것이다. 핵심에 시간과 에너지를 집중하게 되면 단시간에 급성장하게 된다.

내 주위에 열심히 노력하는데 성장이 더딘 분이 있다. 나보다 훨씬 많은 시간과 에너지를 탁구에 투자한다. 그런데 몇 년째 제자리걸음을 하고 있다. 하루는 유심히 그분을 관찰했다. 레슨도 열심히 받고, 연습도 굉장히 열심히 한다. 그런데 레슨을 받은 내용과 연습의 내용이 달랐다.

예를 들어 레슨 때는 풋워크를 하며 포핸드 드라이브와 백핸드 드라이브, 다시 돌아서서 포핸드 드라이브를 하는 훈련을 받았다. 풋워크가 굉장히 좋았다. 레슨이 끝나고 자주 연습을 하는 파트너와 연습을 시작했다. 처음에는 포핸드 드라이브를 집중적으로 연습한 후, 파트너의 포핸드 드라이브를 받아주며 연습을 했다.

그다음에는 백핸드 드라이브를 집중적으로 연습하고, 파트너의 백핸드 드라이브를 받아주는 연습을 했다. 땀을 뻘뻘 흘리며 1시간 이상 열심히 연습했다. 그런데 연습할 때는 풋워크를 하는 모습을 전혀 볼 수가 없었다. 두 발이 자석처럼 붙어있었다.

연습이 끝나고 파트너와 게임에 들어갔다. 게임에서도 레슨 때 배운 풋워크를 전혀 볼 수 없었다. 제자리에 서 있다가, 사이드로 공이 오면 다리가 가기보다는 몸이 기울어져서 공을 받는 모습이었다. 중심이 무너지고, 자세가 흐트러졌기 때문에 실수가 자주 생겼다. 그분을 보며 안타까웠다.

레슨의 핵심은 풋워크였는데, 연습과 게임에서는 전혀 풋워크를 사용하지 않는 모습이었다. 안타까운 마음에 조심스럽게 조언을 했다. 레슨 내용을 메모하는 것의 장점과 그분의 레슨 핵심이 무엇인지, 풋워크를 적극적으로 활용해볼 것을 권했다. 하지만 그분은 한 귀로 듣고 한 귀로 흘려보냈다.

Behind Story 3 명석한 두뇌보다 흐릿한 메모가 오래간다

'메모를 하면 뇌가 살아난다. 손은 제2의 뇌, 기록하지 않으면 기억력이 감퇴된다.' (『메모의 기술』, 사카토 켄지)

기록하면 오래 기억하게 된다. 레슨받은 내용을 기록하면 기억에 오래 남는다. 일단 20분간 레슨받은 내용을 떠올릴 때, 어떤 내용을 레슨받았는지 떠올리게 된다. 생각하는 과정에서 한 번

메모하면 레슨의 핵심을 파악할 수 있다

기억하게 되고, 그것을 기록하면서 다시 기억하게 된다.

나는 메모한 것을 틈틈이 본다. 지하철을 기다릴 때나 버스 기다릴 때 잠시 본다. 식당에서 음식이 나오기 전에 잠시 시간이 있으면 메모한 것을 본다. 메모한 것을 읽는 데 얼마 걸리지 않는다. 그런데 그것을 반복해서 보면 머리에 각인된다. 짧은 시간을 투자해서 오래 기억하는 효과를 얻게 되는 것이다.

여러 과정을 통해서 레슨 핵심을 기억하게 되면, 연습할 때나 시합할 때 핵심이 생각난다. 생각나면 실천하게 된다. 실천해서 좋은 결과를 얻으면 새로운 기술을 얻게 된다. 연습할 때나 시합할 때 레슨 핵심을 반복해서 적용하면, 다음 레슨 때 더 나아진 모습으로 레슨을 받을 수 있게 된다. 결국, 선순환이 이루어지게 된다.

내가 이 책을 쓸 수 있는 이유도 메모한 내용을 모두 가지고 있기 때문이다. 18개월간의 기록을 읽어보면 생생하게 그때의 상황이 떠오른다. 메모하지 않았다면 이 책의 많은 내용을 정리하기 힘들었을 것이다. 메모하면 10년, 20년 후에도 확인할 수 있다. 이 책은 적어도 나의 자녀와 후손들은 두고두고 볼 것이다.

레슨의 핵심을 파악해서 열심히 연습하고 훈련한 후에 다시 레슨받으면 코치님이 알아챈다. 그리고 이런 말씀을 해 주신다. '지난번보다 더 좋아졌네요!' 나는 이런 말씀을 들을 때가 제일 기분 좋다. 왜냐하면, 내가 노력한 만큼 결과를 얻었기 때문이다.

내가 기쁠 뿐만 아니라 코치님도 기뻐하신다는 것을 나는 알고 있다. 18년간 성악을 가르치면서 제자가 성장하는 모습을 바라볼 때 가장 기쁘기 때문이다. 20분간 레슨을 받으면 얼굴이 시뻘게 지며 입에서 단내가 날 정도로 힘들지만, 더욱 성장할 모습을 기대하고 그렇게 될 것을 알기 때문에 그 과정이 즐거운 것이다.

메모하면 레슨의 핵심을 파악할 수 있다

약간의 용품 방황, 그리고 정착

처음 레슨을 받기 시작할 당시 저렴한 라켓을 사용했다. 블레이드는 중고로 2만 원에 구매하고, 러버는 참피온의 저가 러버인 헥사(Hexa)와 칸(Khan)을 사용했다. 각각 2만 원과 1만 원이었다. 러버를 붙이는 방법을 몰라서 매장에서 러버를 구매하며 블레이드에 붙여달라고 했다.

레슨을 받기 시작하면서 용품에 대해서 공부하기 시작했다. '고슴도치 탁구클럽'(Daum)에 용품에 대해 체계적으로 정리되어 있어서 글을 읽으며 블레이드와 러버를 공부했다.

레슨 3개월 차에 꼭 사용하고 싶은 블레이드가 생겼다. 그것은 티모볼 선수가 사용하는 티모볼ALC(버터플라이)이다. 티모볼 선수를 좋아하기도 했지만 티모볼 선수의 플레이에 관심이 많았기 때문이다.

물론 용품을 사용한다고 해서 선수처럼 칠 수 있는 것은 아니지만, 닮고 싶었다. 티모볼 선수를 모를 때도 나의 드라이브 스타일은 루프 드라이브였다. 포핸드 드라이브와 백핸드 드라이브를 모두 루프식으로 드라이브를 거는 것에 익숙했었다. 양핸드 공격형을 지향했기 때문에 티모볼ALC가 잘 맞을 듯했다.

그즈음에 중고용품 장터에서 티모볼ALC의 신동품을 발견하게 되었다. 당시에는 러버를 붙일 줄 몰랐기 때문에 러버까지 붙어있는 것을 구매하기 원했다. 그런데 티모볼ALC에 블리츠와 파스탁 G1(닛타쿠)가 붙어 있는 라켓을 팔고 있었던 것이었다. 적절한 가격에 팔고 있어서 즉시 구매를 하게 되었다. 두 러버 모두 극단적 스핀 중시형의 러버이며 47.5도의 경도로 딱딱한 러버이다. 즉 양핸드 드라이브형에 잘 맞는 블레이드와 러버를 구매하게 된 것이다.

블레이드와 러버를 바꾼 후 첫 레슨 때 코치님은 바로 알아채셨다. 훨씬 드라이브가 잘 걸리고, 안정감이 생긴다고 했다. 연결력이 더욱 좋아지고, 회전도 많아졌다고 했다.

나도 드라이브를 구사하면서 잡아챈다는 느낌이 무엇인지 깨달을 수 있었다. 실수로 매우 얇게 드라이브를 걸게 될 때도 실수하지 않고 테이블 넘어서 날아가는 공을 확인할 수 있었다. 신기한 경험이었다. 그 이후로 용품에 대해 더욱 관심을 두게 되었다.

약간의 용품 방황, 그리고 정착

용품에 대한 관심이 높아진 이후로 러버를 붙이는 방법에 대해 알아보고 싶었다. 용품을 공부하다가 마음에 드는 블레이드와 러버가 생기면 러버를 붙일 줄 알아야 하는데, 그 방법을 모르니 제약이 있기 때문이었다.

카페에서 러버 붙이는 방법에 대해 읽어보고 숙지한 이후 러버를 교체해보았다. 전면에 사용하던 블리츠의 수명이 끝나서 러버를 새로 구매하며 글루와 칼을 함께 구매했다. 미리 읽어본 대로 러버를 제거하고 글루를 바르고 마른 후에 러버를 붙여 칼로 잘라냈다. 레이저 커팅 수준은 아니었지만, 그런대로 괜찮게 커팅을 했다.

그리고 탁구장에 가서 경기를 하는데 이게 웬일인가. 높이 뜬 공에 대한 스매싱이 모두 네트에 걸리는 게 아닌가. 여러 번 같은 실수를 반복했다. 드라이브의 안정성도 많이 떨어졌다.

그래서 블리츠의 구형과 신형의 차이 때문인가 해서 알아보기도 했다. 이유를 밝히는데 시간이 조금 걸리긴 했지만, 이유는 러버가 블레이드에 제대로 붙지 않았기 때문이었다. 그래서 다시 떼고 글루를 발라서 다시 붙였다.

또한, 롤러로 여러 차례 밀면서 꽉 붙였다. 이제는 잘 붙었는데, 문제는 롤러로 여러 번 밀었더니 러버가 늘어난 것 아닌가. 때문에 러버가 블레이드 사이드로 튀어나오게 되었다. 역시 처음 하는 일에는 실수가 많은 법.

그래서 카페에서 알아보니, 러버를 커팅한 후에 두꺼운 책 사이에 넣어놓으면 잘 붙는다고 했다. 다음부터는 두꺼운 책 사이에 넣고 몇 시간 후에 확인해봤다. 그랬더니 잘 붙었다. 그러고 나서 쳐 보니 예전의 감각을 회복할 수 있었다. 드라이브의 안정성도 생기고, 높이 뜨는 공에 대한 스매싱의 안정성도 생겼다.

Behind Story 5 **여러 용품을 사용하며 나에게 맞는 조합을 찾다**

티모볼ALC는 5겹 합판에 2겹 아릴레이트카본이라는 특수소재로 이루어져 있다. 공을 잡아주는 느낌이 좋으며, 진동이 거의 없다. 진동이 약해지기 때문에 '먹먹하다'라는 느낌의 단점이 있다. 양핸드 드라이브 공격형을 추구하는 나에게 꼭 맞는 블레이드이다.

러버는 블리츠, 파스탁 G1, 핵서HD, 핵서 플러스, 라잔트, 아디다스 P5 등 여러 러버를 써 보았다. 좋지 않은 러버는 없었지만, 사용한 결과 나에게 잘 맞는 러버는 '극단전 스핀 중시형'에 단단하고 딱딱한 느낌의 러버이다. 여기에 해당하는 러버가 여러 종류가 있지만, 그중에서 가장 잘 맞는 러버는 아디다스 P5이다. 전면과 후면 모두 P5로 결정하게 되었다. 그렇게 결정하기까지 1년 이상의 시간이 소요되었다.

블레이드의 경우 티모볼ALC 외에 챌린지 스피드(아디다스), 파이버택 파워(아디다스)를 사용해보았으며, 위에 언급한 다양한 러버를 사용해보았다. 역시 좋지 않은 블레이드는 없었지만, 나에게 가장 잘 맞는 블레이드는 티모볼ALC였다.

어떤 조합은 너무 딱딱해서, 어떤 조합은 반발력이 너무 약해서, 또 어떤 조합은 스피드가 너무 약해서 나에게 맞지 않았다.

더 많은 실험을 해보고 싶은 마음이 있었고, 지금도 있다. 시간상으로 여유만 된다면. 다양한 조합을 통해서 나에게 최적화된 조합을 찾고 싶은 열망은 아직도 강하지만, 티모볼ALC에 양면 P5의 조합에 만족하고 있고 실험할 시간은 부족하므로, 당분간 이 조합으로 갈 가능성이 크다.

사고팔다

처음에는 중고로 사는 것에 불안함이 있었다. 마음에 드는 물건이 있더라도 사진과 다르지는 않을까, 송금했는데 물건이 오지 않으면 어떻게 할까, 구매했는데 마음에 들지 않으면 어떨까 등 여러 불안요소가 있었다. 그래서 과거에 사고, 판 경력이 있는 사람의 것만 구매했으며, 처음 파는 사람에 대해서는 안전거래 가능한 사람의 것만 거래했다. 그래서 아직은 손해를 보지 않고 좋은 물건을 저렴하게 이용했다.

용품을 실험한 후에 나에게 맞지 않은 것은 팔아보았다. 이런 거래를 해 보지 않아서 처음엔 어색했지만, 사진을 찍고 친절하게 상태를 설명해서 적절한 가격으로 올렸더니 신속하게 팔 수 있었다.

덕분에 택배 보내는 노하우도 알게 되고, 빠르게 배송하는 노하우도 얻게 되었다. 나의 경우 편의점 택배를 이용하는 것이 저렴하고 빨랐다. 오후 3시 이전까지 물건을 접수하면 다음 날에 거의 도착하는 시스템이었다. 앞으로 시간이 난다면 좀 더 많은 블레이드와 러버의 조합을 실험해볼 예정이다.

탁우회 화요 경기에 참가하다

레슨을 받은 지 3~4개월이 되었을 때 외부대회를 알아보기 시작했다. 레슨으로 실력이 좋아지는 것이 느껴지는데, 객관적으로 평가를 해보고 싶었다. 매월 열리는 탁구장 시합은 주말이라 일과 겹쳐서 자주 참석을 하지 못하고, 동호회 열탁 시합은 매월 열리지만 한정된 인원과 시합하므로 익숙해져 간다는 점이 아쉬웠다.

몇 가지 기준을 정해서 인터넷으로 알아보았다. 주 중에 열리는 시합이 있는지, 인원이 적지 않고 다양한 실력을 갖춘 사람이 있는지, 연령대가 나와 비슷한 30대의 사람들이 있는지 등의 기준으로 알아봤다.

그렇게 찾은 곳이 탁우회(Daum 카페) 화요 경기이다. 사무실에서 40분 정도의 거리이며, 집까지 1시간 정도의 거리였다. 30~40대가 주축으로 되어있고, 다양한 전형의 사람들이 있었다. 매주 화요일 저녁 7시 40분부터 진행해서 결승전이 11시 이전에 끝나는 시합이었다. 탁구장 대회처럼 예선에서 조별리그로 진행하고, 본선에서 상위부와 하위부로 나누어서 토너먼트로 진행했다.

탁우회에서는 이름을 부르지 않는다. 대신 닉네임을 부른다. 탁우회 카페에서 자신의 닉네임을 한글로 3글자 또는 4글자로 설정한다. 물론 이름을 사용하는 사람이 있지만, 인터넷 동호회 성격이 있어서 닉네임을 부른다.

나의 닉네임은 아티스트다. 탁우회에 내 이름을 아는 사람보다 아티스트로 아는 사람이 훨씬 많다. 그래서 이책의 제목을 구상할 때 닉네임을 붙여서 '아티스트의 탁구 노트'로 정하게 된 것이다.

처음 탁우회 화요 경기에 참석한 것이 2012년 4월이었다. 레슨 받은 지 6개월째 되던 달이었다. 당시 탁구장에서는 5부의 실력이었고 5월에 4부가 되었으니까, 5부 강에 속하는 실력이었다.

처음 참석한 날 30분 전에 도착해서 테스트를 받았다. 5부 2명과 4부 1명과 시합을 했다. 그 결과 5부로 결정되었다. 매주 30~40여 명이 참석했는데 8부부터 1부까지 있었다. 부수는 마들 탁구장 부수와 비슷해 보였다.

첫날 참석한 후 계속 참석해야 하겠다고 결심했다. 탁구장과는 다른 전형이 많았고 대체로 젊어서 그런지 패기와 열정이 많아 보였다. 참가자의 비율은 남성이 60~70%, 여성이 30~40% 정도였다.

일반적인 핸디 규정과는 다르게 2+2+1+1+1의 형식으로 진행되었다. 즉 두 부수 차이가 나면 4점의 핸디를 주고 시합을 하는 것이었다. 그만큼 고수들이 더욱 어렵게 시합을 하고 있다는 뜻이다.

내가 5부였으니, 3부와 시합할 때는 4점의 핸디를 받고 했다. 그런데도 3부의 사람들과 시합을 하면 지는 경우가 많았다. 매주 이런 실력자들과 시합을 할 수 있다는 것이 좋았다.

직장인들이 많았는데, 퇴근해서 7시 40분부터 11시까지 빠듯하게 경기를 진행하는 시스템이었다. 시간이 넉넉지 않기 때문에 3판 2선승제로 운영되었다. 여유 있는 날에는 5판 3선승제로 운영되기도 했다. 3판 2선승제를 처음 접해보았다. 굉장히 박진감이 넘쳤다. 조금만 방심하면 당황하다가 게임이 끝나버린다. 2세트만 얻으면 끝나기 때문에 집중해서 게임을 하지 않으면 쉽게 무너지게 된다.

운영자들이 경험이 많아서인지 기다리는 시간을 최소화하면서 게임을 많이 할 수 있도록 한 것이 매우 마음에 들었다. 중간에 쉬는 시간에는 간식을 먹을 수 있다. 다녀본 대회 중에 먹거리가 풍성한 편이었다.

그날 시합이 모두 끝나면 입상자들에게 시상하고, 그 후에는 추첨시간이 시작된다. 입상자를 제외하고 추첨을 통해 상품을 지급하는 시간이다. 다양한 탁구용품과 생활용품을 추첨해서 나누어 준다. 여러 가지 재미가 쏠쏠했다. 내가 처음 참석한 날에는 추첨으로 라면 한 세트를 받아왔다.

Behind Story 7 인상적인 승급시스템

매주 시합이 끝나면 운영자가 승점을 정리해서 게시판에 올려놓는다. 탁우회의 승급시스템을 보면서 매우 과학적이고 합리적이라고 생각했다. 일반적인 대회에서는 우승하거나 몇 차례 입상하면 승급을 한다. 그런데 탁우회에서는 입상을 하면 승점을 부여한다.

예를 들어 5부가 우승하면 5점, 7부가 우승하면 7점, 2부가 우승하면 2점을 준다. 그리고 준우승하거나 공동 3위에 입상하면 각 부수에 맞게 승점을 준다. 하위 토너먼트에서도 우승하면 승점을 준다.

그 승점을 쌓아서 8점이 되면 0.5부 승급하게 되는 것이다. 5부에서 입상해서 승점을 8점 쌓으면 4.5부가 되고, 4.5부에서 입상해서 승점을 8점 쌓으면 4부가 되는 식이다.

탁우회의 승점 기준은 다음과 같다. 2012년 기준이다.

	개인별 토너먼트				부수별 최강전	
	우승	준우승	공동3위	하위우승	우승	준우승
1부	본인 부수별로 승점 적용	0.5점	0점	0점	1점	0.5점
1.5부, 2부		1점	0.5점	0점	2점	1점
2.5부, 3부		2점	1점	1점	2점	1점
3.5부, 4부		2.5점	1.5점	1.5점		
4.5부, 5부		3점	2점	2점	3점	2점
5.5부, 6부		3.5점	2.5점	2.5점		
7부, 8부		5점	4점	3점	4점	3점

+예시 : 우승시 승점 적용 예시 : 4부 우승시4점, 5.5부 우승시5.5점

부수가 낮은 사람이 입상할 때는 많은 점수를 주고, 부수가 높은 사람이 입상할 때는 적은 점수를 준다. 매주 운영자가 입상자들의 승점을 정리해 게시판에 업데이트한다.

6주에 한 번씩 부수별 최강전을 실시한다. 부수별 최강전은 동일 부수끼리 풀리그로 시합해서 우승자와 준우승자를 가리는 것이다. 부수별 최강전을 하게 되면 자신의 위치가 동일 부수에서 어느 정도의 실력이 되는지 가늠할 수 있다.

부수를 파악하다

탁구장에서 부수 표를 입수해서 체크했듯이, 탁우회의 부수를 파악하기 시작했다. 카페를 통해 어느 정도 파악을 할 수 있었지만, 닉네임과 얼굴을 연결하는 데 시간이 걸렸다.

시합이 끝나면 칠판에 적혀있는 토너먼트 결과 내용을 사진을 찍어왔다. 그래서 그날 나와 경기한 사람이 누구인지 파악하고, 누가 어떤 플레이를 했는지 파악했다. 그렇게 몇 개월에 걸쳐서 닉네임과 부수를 파악했다. 그 당시 기준으로 1년 치의 결과를 분석했다. 그 결과는 다음과 같다.

• 탁우회 화요리그 부수 분석

1부 – 3명   상위 3% 이내

2부 – 7명   상위 9% 이내

3부 – 21명   상위 27% 이내

4부 – 29명   상위 52% 이내

5부 – 28명   상위 76% 이내

6부 이하 – 28명

합계 - 116명

매주 30~40명이 참석하지만, 1년에 걸쳐서 116명이 다녀갔다. 1회만 참석한 회원은 제외하고, 최소 2회 이상 참석한 회원을 토대로 통계를 냈다. 탁우회 화요리그를 분석한 후 더욱 확신이 생겼다. 성장하기에 매우 좋은 곳이라는 확신.

왜냐하면, 5부, 4부, 3부의 인원이 많은 편이기 때문에 당시 5부였던 나에게 좋은 목표로 삼을 수 있는 사람이 많았기 때문이다. 탁구장의 정 관장님 정도의 실력을 갖추려면 탁우회에서 3부 정도가 되어야 한다. 그래서 차근차근 실력을 갖춰서 2년 만에 3부가 되는 것을 목표로 삼았다.

2년 만에 3부가 되려면 최소 1년 만에 4부가 되어야 하고, 1년 만에 4부가 되려면 두 번의 승급을 해야 한다. 즉 8점씩 두 번 쌓아야 한다. 최소 16점을 얻어야 한다는 뜻이다.

5부에서 8점을 얻으려면 우승을 2회 하거나 우승 1회, 준우승 1회를 해야 한다. 아니면 공동 3위를 4회 해도 된다. 6개월 동안 8점을 쌓는 것을 목표로 삼고 화요 경기에 참석하기 시작했다.

시합이 끝나면 경기 내용을 메모하다

　탁우회 시합을 시작한 이후로 많은 것들을 배우게 되었다. 경기가 끝나고 집으로 돌아오는 지하철에서 인상적인 내용을 메모했다. 특히 '왜 졌을까?'를 곰곰이 생각했다. 바둑을 둔 후에 복기하지 않는가. 복기(復棋)의 뜻은 다음과 같다. '바둑을 다 둔 후, 그 경과를 검토하기 위하여 처음부터 다시 그 순서대로 벌여 놓음.'

　바둑을 복기하듯이 탁구 시합 내용을 복기해보는 시간을 가졌다. 처음에는 많은 내용이 기억나지 않았다. 화이트 보드에 있는 토너먼트 결과 사진을 바라보면 점점 기억이 떠오른다. 나와 경기했던 사람의 닉네임을 보며 경기내용을 회상하면 점점 구체적인 내용이 떠오른다. 그래서 승부처가 어디였는지 깨닫게 된다.

　'왜 졌을까?'를 생각할 때 답이 나오는 경우도 있고, 답이 나오지 않을 때도 있다. 답이 나올 때는 그것을 짧게 메모해놓았다. 또한, 답이 나오지 않은 내용은 물음표를 달아놓는다. 패배의 원인만 잘 파악하면 다시 준비해서 도전하면 조금씩 나아진다.

패배의 원인을 분석해보면, 실력의 부족으로 질 때가 가장 많다. 이 경우에는 장기적으로 실력을 키워야 하므로 충분한 레슨과 연습과 훈련을 쌓아야 한다. 나는 경기 내용을 메모하며, 실력을 제외하고 다양한 패배의 원인을 알게 되었다. (실력과 직접 연관된 내용과 큰 주제는 별도의 장으로 분류해서 정리했다.)

1. 워밍업 부족

최상의 컨디션을 발휘하지 못하게 하는 요인 중의 하나는 충분히 몸을 풀지 않고 경기를 시작하는 것이다. 시간에 쫓길 때는 할수 없는 일이지만, 5분에서 10분 정도만 몸을 풀어줘도 기술을 구사할 때 정확도가 높아진다.

2. 습기

비 오는 날에는 습기 때문에 드라이브할 때 실수가 잦아진다는 사실을 알게 되었다. 특히 양핸드 드라이브 전형에게는 습기의 영향을 많이 받을 수 있다. 그래서 겨울철 습도가 높을 때는 전열기에서 습기를 자주 제거하고, 여름철 습도가 높을 때는 에어컨에서 습기를 자주 제거한다. 봄과 가을에도 습도가 높을 때는 구장

관계자에게 건의해서 습도를 조절해 달라고 요청한다.

3. 새로운 구장

탁우회 화요 모임에 사정이 생겨서 구장을 옮기게 되었다. 구장을 바꾸게 되면 평소의 느낌과 달라서 경기력에 차이가 생기게 된다. 특히 한 달에 한 번 열리는 탁우회 정모에 참석했을 때 낯선 느낌 때문에 실력을 제대로 발휘하지 못한 경험을 한 적이 있다.

코리아 탁구장(천호동)에 처음 갔을 때 느낌이 너무나 낯설었다. 일단 높이가 높고, 전체적인 사이즈가 매우 컸기 때문에 감각이 완전히 달랐다. 조명의 밝기가 다르고 들려오는 공의 소리가 달랐으며 공이 잘 보이지 않아서 당황했던 기억이 있다. 익숙해지기까지 시간이 필요했다. 그래서 처음 가는 시합장에는 일찍 도착해서 미리 몸을 풀며 감각이 익숙해지도록 노력한다.

4. 낡은 러버

러버를 갈아야 할 시기를 놓쳤을 때 경기력은 떨어진다. 이런 경우에는 평소의 드라이브라면 강한 회전으로 득점해야 할 상황인데, 이상하게 득점이 되지 않고 쉽게 공이 넘어온다. 또한, 루프 식으로 걸려야 할 드라이브가 걸리지 않고 미끄러진다. 러버가 낡았기 때문이다.

5. 헐렁하게 붙은 러버

한번은 새로운 러버를 붙이고 바로 시합에 들어갔다. 평소에는
드라이드가 걸려야 하는데 그날은 유난히 실수가 잦았다. 이겨야
할 상대에게 쉽게 공략당해서 패배했던 경험이 있다. 시합을 끝내
고 유심히 보니 러버가 잘 붙어있지 않았다.

6. 유난히 빠른 상대의 템포

고수 중에 인터벌이 극히 짧은 사람이 있다. 경험이 부족한 내
가 고수의 템포를 빼앗으며 나의 템포로 경기하기가 쉽지 않다.
내가 미처 집중하기 전에 서비스가 날아 들어온다. 당황한 상태로
리시브하다가 쉽게 실점을 당하게 된다.

나보다 고수이거나 나이가 많은 상대와 시합을 할 때 나의 템포
에 맞게 경기를 이끌어가기는 쉽지 않은 일이다. 초기에는 당하기
만 하다가, 점점 경험이 쌓이면서 빠른 템포 가운데서도 집중하
는 법을 터득하게 되었다. 빠른 템포를 미리 준비할 수 있는 능력
을 갖추게 된 것이다.

7. 새로운 조합의 라켓

용품을 탐험할 때 새로운 조합의 블레이드와 러버를 사용할 때가 있다. 충분히 연습해보고 감을 익힌 다음에 시합에 나가야 하는데 초기에는 경험 부족으로 새로운 조합으로 시합에 나갔다. 결과는 뻔했다. 실점을 훨씬 많이 했다. 드라이브의 비(飛)거리, 각도, 반발력이 달라서 실점을 많이 할 수밖에 없는 상황이었다. 이런 실패의 경험을 통해서 용품을 바꿀 때는 충분한 감을 익힌 후에 시합에서 사용하게 되었다.

8. 과한 물의 섭취

시합 중에 물을 적절히 마셔주는 것은 매우 중요하다. 그러나 과하게 마실 때는 부작용이 있을 수 있다. 물을 너무 많이 마시거나 이온음료를 많이 마시게 되면 땀이 너무 많이 나게 되어서 경기력에 악영향을 미치게 된다. 땀을 적정량 이상 흘리게 되면 땀이 눈으로 들어가서 경기하는 데 방해를 받을 때가 많았다. 시합 중에는 6점의 배수에 타올링 타임이 있지만 땀을 너무 흘려서 자주 수건으로 닦게 되면 예의에 어긋나게 된다.

또한, 땀을 많이 흘리게 되면 러버에 땀이 떨어지는 경우가 많아지고, 탁구대 위에 땀이 떨어지고, 바닥에 땀이 떨어져서 미끄러질 수도 있다. 그리고 손에 땀이 많이 나서 라켓이 미끄러진 적도 있다. 손에서 빠질 정도는 아니었지만 약간 미끄러져서 공격때 실수를 하게 되었다. 나는 과한 수분의 섭취 때문에 시합에서아슬아슬하게 진 적이 있다. 여러 번 이런 경험을 한 후에는 적절한 수분의 섭취에 신경을 쓰게 되었다.

'왜 졌을까?'를 고민하며 글로 적어보니 많은 이유를 밝혀낼 수있었다. 실력 외에도 많은 변수가 작용한다는 것을 깨닫게 되었다. 그래서 구력이 오래된 고수들이 큰 시합에서 강한 이유가 다양한 경험을 통해서 최상의 실력을 발휘할 수 있는 자신만의 노하우가 있기 때문이다.

나는 비교적 짧은 구력을 가지고 있지만, 메모를 통해 많은 이유를 밝혀냈고 경기력에 많은 도움을 얻게 되었다. 물론 앞으로도 기록을 통해서 더 많은 이유를 밝혀낼 것이다.

배울 점이 있으면 벤치마킹하다

어느 날 시합을 하고 있는데 3부의 강자 중에 한 사람이 나의 플레이를 유심히 보고 있는 것이 아닌가. 그에 비하면 하수인데도 나의 서비스를 뚫어지게 보고, 나의 플레이를 집중하며 보고 있었다.

자신의 시합 시간이나 심판을 보는 시간 외에는 보통 간식 테이블에서 간식과 음료를 먹으며 다른 이들과 이야기를 나누기 마련인데, 그는 다른 사람의 플레이를 지켜보는 습관을 지니고 있었다. 특히 새로운 사람이나 어려운 상대의 플레이를 집중하며 연구하고 있다는 것을 나중에 알게 되었다.

나는 그런 습관이 굉장히 중요한 습관이라고 여기고 그때부터 벤치마킹하기 시작했다. 새로운 사람이 오면 그의 서비스와 플레이 스타일을 분석하고 대비했다. 그리고 유난히 어려운 상대가 생기면 집중적으로 분석하고 전략을 짜기 시작했다.

특히 탁우회 초기 시절에는 모든 사람이 새로운 사람이었으므로 쉴 새 없이 관찰했다. 예선 리그에서는 심판을 보며 나의 조에 속한 사람들을 관찰하고, 간식을 먹을 때도 내가 경기해야 할 사람들의 플레이를 지켜보았다.

예선 리그가 마무리될 시점이 되면 더욱 바빠진다. 토너먼트에서 나와 겨루게 될 상대가 누구인지 다른 조의 성적을 파악하는 시간을 가진다. 조금이라도 미리 볼수록 유리하기 때문이다. 화이트 보드 근처에 가서 어떤 사람과 경기를 하게 되는지 미리 파악하려고 애썼다. 그리고 본선 1차전을 끝낸 후에는 2차전에서 만나게 될 사람의 플레이를 관찰한다. 물론 동시에 진행되면 볼 수 없지만.

4강에 올라갔을 때도 마찬가지다. 동시에 진행될 때는 할 수 없지만, 내가 먼저 경기 하거나 나중에 경기하게 되면 다른 팀의 경기를 지켜보며 분석한다. 결승에 오를 것을 믿고. 4강에서 떨어져도 관계없다. 다음에 언제든지 만날 수 있는 상대이기 때문에 보면서 공부하는 것이다.

나도 간식을 먹을 때 그냥 쉴 때도 있고, 이야기를 나누며 쉴 때도 있다. 몸이 많이 피곤하지 않을 때는 나의 순서가 아니더라도 자청해서 심판을 볼 때가 많았다. 특히 중요한 경기를 심판을 보게 되면 보면서 많이 배우게 된다.

　서비스를 파악하기에 가장 좋은 자리가 바로 심판의 자리이다. 심판석에서 보면 옆에서 보기 때문에 전에 보이지 않던 서비스가 보이기도 한다. 또한, 리시브를 잘하는 사람이 있다면 심판의 자리에서 리시브 방법을 눈앞에서 배우게 되는 것이다.

Behind Story 9 　서비스를 벤치마킹하다

　고수 중에 유난히 서비스가 까다로운 사람이 있다. 특히 어떤 방식으로 서비스를 넣는지 알고도 리시브를 제대로 하지 못하는 경우가 많았다. 그런 사람의 서비스는 눈여겨보았다가 벤치마킹을 했다.

　그의 폼과 팔목을 쓰는 방법, 각도를 여러 번 반복해서 보고 배웠다. 동영상에서 서비스를 배우는 것과는 또 다른 느낌이었다. 실제로 어려운 서비스를 직접 보며 배우는 것이다. 어느 방향으로 보내는지, 어느 정도의 길이로 보내는지, 빠르기는 어떻게 조절하는지, 변화를 어떻게 주는지, 같은 폼에서 어떤 방식으로 다양하게 보내는지 관찰했다.

그의 옆에서 보기도 하고, 대각선 뒤에서 보기도 하고, 정면에서 보기도 했다. 다양한 앵글로 보니까 입체적으로 보이기 시작했다. 그리고 메모했다가 서비스 연습을 했다. 한동안 연습을 하면 어느 정도 익숙해질 때가 온다. 그때부터 게임에서 벤치마킹해 온 서비스를 사용해 봤다. 나에게 잘 맞지 않는 서비스도 많았지만, 효과가 아주 큰 서비스도 많아졌다.

한번은 매우 까다로운 서비스를 잘 구사하는 1부에 해당하는 분에게 서비스를 어떻게 넣는지 질문했다. 그랬더니 1시간 가까이 레슨을 해 주는 것이 아닌가. 어떤 방식으로 서비스를 넣는지, 방향을 어떻게 변화를 줘야 상대가 어려워하는지, 라켓의 각도를 보여주며 구체적으로 알려주었다.

1시간 동안 많은 것을 배웠다. 물론 1시간 배운다고 해서 바로 적용할 수 있는 것은 아니지만, 서비스를 구사하는 전략에 대해서는 많은 인사이트(Insight)를 얻게 되었다. 결국, 서비스를 훈련하는 것은 나의 몫인 것이다.

서비스만 잘 받으면 이길 텐데?

탁우회 시합을 시작한 후에 가장 어려웠던 점은 서비스에 대한 리시브이다. 리시브를 잘하지 못하면 순식간에 점수를 잃고 기술을 써보지도 못한 채 시합이 끝나 버린다. 특이하고 어려운 서비스가 워낙 많아서 연구해야 할 사람이 많았다.

나도 초기에는 이런 생각을 했다. '서비스만 잘 받으며 이길 텐데…….' 그런데 나중에 알게 된 사실이지만 서비스를 잘 받는 것이 실력이라는 것을 깨달았다. 서비스를 어렵게 구사하고 어려운 서비스를 리시브할 수 있는 능력이 바로 실력이다.

어떻게 리시브를 잘 할 수 있을까 끊임없이 고민하고 생각했다. 어떤 고수의 서비스를 웬만큼 공략하는데 6개월 넘게 걸린 사람도 있다. 또 어떤 고수의 서비스는 1년이 지났지만, 여전히 리시브에 실패해서 실점을 많이 한다. 공을 보는 눈이 생기기까지 적지 않은 시간과 노력이 필요하다.

리시브를 잘할 방법을 한 가지 찾아냈다. 그것은 그 서비스를 잘 받는 사람의 리시브를 지켜보는 것이다. 고수들은 서비스에 대한 리시브에 강하다. 그래서 고수끼리의 시합을 지켜보면 답을 찾을 수 있다.

물론 처음부터 다 파악되는 것은 아니다. 보고 또 보면 조금씩 보이기 시작한다. 시간이 될 때 어려운 서비스를 잘 받는 고수에게 직접 물어보기도 했다. 어떻게 서비스를 구분하는지, 어떤 방식으로 리시브해야지 공격당하지 않는지를 구체적으로 물어봤다. 그러면 친절하게 알려주는 사람이 많았다.

그것을 메모해 놓고 리시브 방법을 정리해 놓았다. 고수들은 배우려고 하는 하수에게 친절하게 알려주는 경향이 있다. 적어도 내 주위엔 그런 고수들이 많았다. 물론 의도적으로 알려주지 않는 사람도 있지만. 겸손한 자세로 질문하면 숨은 비법을 전수해 준다.

리시브를 잘할 방법 중에 고수들의 공통적인 의견이 있었다. 그것은 '어려운 서비스를 넣을 수 있어야 그 서비스를 볼 수 있는 눈이 생긴다'는 것이다. 즉, 어려운 서비스를 넣는 만큼 리시브를 잘할 수 있다는 것이다.

그래서 서비스를 벤치마킹하는 습관은 매우 좋은 습관이다. 처음에는 무작정 서비스를 벤치마킹했지만, 점점 내 공이 흘러가는 모습을 보게 되었다. 같은 폼에서 하회전과 무회전을 구사할 때, 서비스를 넣은 후에 공이 흘러가는 모습을 보니까 어떤 방식으로 차이가 나는지 보이기 시작했다.

물론 서비스를 넣었을 때 공이 흘러가는 모습과 상대방의 서비스 넣은 공이 나에게 흘러오는 모습은 다르지만, 공이 튕기는 느낌을 조금씩 알게 되었다. 하회전, 무회전, 전진회전의 모양이 점점 보이기 시작했다. 하지만 아직도 극복해야 할 사람이 많다. 지금도 공의 모습을 보려고 애쓰고, 어떤 구질이 날아오는지 관찰하며 연구하고 있다.

어려운 서비스를 공략하지 못해 반복되는 패배를 경험하면 반드시 레슨 때 코치님께 보고했다. 어떤 식으로 넣는지 설명해 드리고 그 서비스를 어떻게 리시브해야 하는지 집중적으로 훈련받았다. 같은 서비스도 여러 가지로 리시브할 수 있다는 것을 레슨을 통해 배웠다.

예를 들어 백 쪽으로 오는 짧은 하회전 서비스를 공략할 때 대상 백핸드 드라이브로 처리할 수도 있고, 플릭으로 처리할 수도 있으며, 스톱으로 처리할 수도 있고, 상대의 백 쪽으로 깊숙이 하회전으로 넘겨줄 수도 있다.

이런 기술들을 경기에서 자유자재로 사용하려면 엄청난 훈련이 쌓여야 실수 없이 구사할 수 있다. 백 쪽으로 날아오는 빠른 전진 회전 서비스를 리시브할 때에도 하프발리로 공격할 수도 있고, 백핸드 블록으로 방향을 바꿀 수도 있고, 백핸드 드라이브로 공격할 수도 있다.

이런 다양한 기술을 익히려면 적지 않은 시간을 꾸준히 투자해서 연습하고 훈련해야 한다. 그래서 리시브의 약점을 없애가며 기술을 업그레이드하는 레슨을 받았다.

뒤쪽으로 날아오는 빠른 서비스를 리시브하는 방법을 코치님께 배운 적이 있다. 물론 기술적으로 준비가 잘 되면 빠르게 백핸드 드라이브로 공격하면 좋지만, 아직 실수가 많은 단계에서 적용할 수 있는 방법이다.

반걸음 정도 뒤에서 서비스를 받는 것이다. 고수 중에 특히 빠른 서비스를 즐겨 넣는 사람들이 있다. 매우 빠른 속도로 날아 들어오기 때문에 공의 성질을 구분하기가 쉽지 않다. 빠르면서도 전진회전이 걸려온 공이 있고, 빠르면서도 무회전으로 날아오는 공도 있다.

이때 반걸음 정도 뒤에서 리시브하면 공을 볼 수 있는 시간을 조금 더 벌 수 있다. 또한, 공이 두 번 튄 후에 정점에 다다른 후에 공의 힘이 약해지므로 회전의 영향을 덜 받을 수 있다는 사실을 알려주셨다.

처음에는 이런 사실을 머리로 이해했지만, 막상 몸으로 반응하는 데에는 시간이 오래 걸렸다. 특히 손목의 임팩트가 강한 사람의 빠른 서비스를 공략하는 데에는 오랜 시간이 걸렸다.

내가 받아 본 가장 어려운 서비스가 있었다. 그의 서비스의 핵심은 다양성이다. 짧은 서비스를 했다가 긴 서비스를 하고, 서비스의 방향도 좌, 중, 우 모두 넣는다. 거기에다 하회전, 무회전, 상회전을 고루 사용한다. 하회전의 경우에도 짧게, 길고 빠르게, 방향을 바꿔 넣는다. 또한, 각각에 서비스에 대한 공격 전략을 가지고 있다.

가장 어려운 것은 공이 라켓에 맞기 전까지는 어떤 공이 오는지 예측을 못 한다는 점이다. 이 사람은 전국 1부이다. 이 사람의 서비스를 제대로 리시브하려면 탁구의 모든 기술을 익혀야 가능하겠다는 결론을 내렸다.

이런 사람의 서비스를 전혀 실수하지 않고 리시브하는 사람을 봤다. 그 역시 전국 1부이다. 결국, 리시브할 수 있는 실력이 자신의 실력인 것이다.

나는 기회가 될 때마다 선수 출신의 코치님과 고수들에게 공을 어떻게 구분하느냐고 질문을 한다. 구체적인 방법을 알려주기도 하지만, 공통적인 의견은 하나로 결론이 났다. 그것은 '감(感)'이다. 오랫동안 공을 보는 훈련을 하면 '감'이 생기는 것이다. 공을 보는 순간 어떤 공인지 보이는 것이다. 이런 감을 가지기까지 얼마나 많은 실수를 반복하며 리시브 연습을 했겠는가. 리시브의 세계에서도 나는 이 말이 통한다고 생각한다.

'공짜는 없다.'

탁우회 화요 시합에 참가한 지
4개월 만에 4부가 되다

목표를 기록하면 방황하는 일반인에서 중요한 특정 인물
이 된다.

– 지그 지글러

탁우회에 참여한 지 얼마 지나지 않아 목표를 정했다. 그것은 1
년에 1부수씩 승급하는 것이었다. 1년에 1부수 승급하려면 6개월
에 0.5부를 승급해야 한다. 0.5부 승급을 하려면 승점 8점을 채워
야 한다. 탁우회의 승급 기준은 다음과 같다.

⟨2012년 기준⟩

승점기준

	개인별 토너먼트				부수별 최강전	
	우승	준우승	공동3위	하위우승	우승	준우승
1부	본인 부수별로 승점 적용	0.5점	0점	0점	1점	0.5점
1.5부, 2부		1점	0.5점	0점	2점	1점
2.5부, 3부		2점	1점	1점	2점	1점
3.5부, 4부		2.5점	1.5점	1.5점		
4.5부, 5부		3점	2점	2점	3점	2점
5.5부, 6부		3.5점	2.5점	2.5점		
7부, 8부		5점	4점	3점	4점	3점

*예시 : 우승시 승점 적용 예시 : 4부 우승시4점, 5.5부 우승시5.5점

예선 리그에서 상위부 토너먼트에 진출해야 승점을 얻을 가능성이 커진다. 예선에서 조별로 5~6명이 리그전을 해서 3~4명이 상위부로 진출하게 된다. 40명이 참석했을 경우, 6명씩 8조로 나누었다고 가정하고, 조별로 3명이 상위부로 진출을 하면 24강전 토너먼트를 치르게 되는 것이다.

24강에서 16강으로, 그다음에 8강에 진출하게 된다. 8강에서 승리해서 4강에 오르면 승점을 얻게 되는 것이다. 결승에 진출하면 최소 준우승의 승점을 얻게 되며, 우승하면 우승 승점을 얻게 된다.

그동안 쉬지 않고 레슨을 받으며, 메모하며 핵심을 파악했다. 핵심을 파악한 후 집중적으로 연습하고 시합에 적용했다. 서비스

아티스트의 탁구 노트

를 다양하게 구사하고 리시브 기술도 익혀갔다. 여러 전략을 사용
하며 경기에 임한 결과 예상보다 빨리 승급을 하게 되었다. 그 결
과는 다음과 같다.

• 탁우회 승급 일지

2012년 4월 24일 첫 참석. 5부로 결정.

5월 1일. 준우승 3점 획득.

5월 22일. 공동 3위 2점 획득. 계 5점.

6월 12일. 우승 5점 획득. 계 10점. 4.5부로 승급.

7월 3일. 우승 4.5점 획득. 계 14.5점.

8월 21일. 우승 4.5점 획득. 계 19점. 4부로 승급.

이 결과를 마들 탁구장 부수, 열탁 부수, 탁우회 부수를 정리하
면 다음과 같다.

		마들 탁구장	열탁	탁우회
2011년	11월	레슨 시작 5부		
	12월			
2012년	1월			
	2월		5부로 출전	

탁우회 화요 시합에 참가한 지 4개월 만에 4부가 되다

	마들 탁구장	열탁	탁우회
3월			
4월			5부로 출전
5월	4부로 승급	4부로 승급	
6월			4.5부로 승급
7월			
8월			4부로 승급

탁우회에 참석한 4개월 동안 우승 3회, 준우승 1회, 공동 3위 1회라는 결과를 얻었다. 탁우회에 처음 갔을 당시 탁구장이나 열탁에 비해 저평가된 상태에서 시작한 것은 사실이다.

그런데도 부수별로 강자가 많았고, 2부와 1부와 같은 고수들과 시합을 한다는 것은 쉽지 않은 일이었다. 특히 초기에는 반복적으로 패하는 상대가 많았다. 즉 나에게도 천적이 여러 명 있었다. 천적만 만나면 1차전이나 2차전에서 패해서 승점을 얻지 못했다. 그런데도 짧은 기간 안에 좋은 성적을 얻을 수 있었던 이유는 '운이 좋았기 때문이다.'

경기하다 보면 대진운이 좋은 날이 있다. 천적들을 피해서 시합을 하게 되는 것이다. 그날은 되는 날이다. 기회가 올 때 집중해서 시합하면 예상치도 못한 우승까지 하게 되는 것이다. 물론 대진운만으로는 부족하다. 실력이 준비되어 있어야 대진운이 좋을 때 좋은 결과를 얻게 되는 것이다. 목표를 정해놓고 집중적으로 실력을 기르고, 컨디션 좋은 날 기회가 올 때 승점을 얻는 것이다.

좋은 컨디션을 유지하는 것이 실력이다

시합 후 메모를 하면서 경기력에 매우 큰 영향을 미치는 요소를 발견하게 되었다. 그것은 컨디션이다. 컨디션의 상태에 따라 기술을 구사할 때 정확도의 차이가 컸다.

나는 성악을 전공했기 때문에 컨디션에 대해 매우 민감한 편이다. 노래 역시 몸으로 하는 것이기 때문에 몸의 컨디션에 따라 실력의 차이가 크기 때문이다. 예술가들이 예민한 것은 일종의 직업병이라고 할 수 있다. 예민하지 않으면 좋은 컨디션을 유지하기 힘들기 때문이다.

한 가지 기억나는 예를 소개하고 싶다. 서울대 교수님 중에 한 분은 연주회 전날 밤에 가족들이 화장실도 마음대로 가지 못한다고 한다. 밤에 자는 중에 화장실에서 물 내리는 소리 때문에 잠에서 깨게 되면 잠을 충분히 못 자게 되어서 연주회에 악영향을 미치게 되기 때문이다.

소프라노 조수미 씨는 자신의 저서에서 이렇게 고백했다.

"세계 정상에 오른다는 것은 아무리 재능이 뛰어나다 하더라도 쉽지 않다. 그 정상을 계속해서 지킨다는 것은 정상에 오르는 일보다 열 배쯤 어렵다. 잠시라도 마음의 긴장을 풀었다가는 힘들게 오른 산에서 순식간에 미끄러지는 것이다."

– 『조수미의 아름다운 도전』에서

세계적인 성악가는 최상의 컨디션을 유지하기 위해 수면, 식습관, 건강관리를 철저하게 한다. 충분한 수면을 하지 못하면 몸이 피로해서 횡격막을 비롯한 호흡에 관련된 근육을 제대로 사용하지 못하게 되고, 호흡의 통로인 목구멍을 여는 것과 공명을 하는 것, 음악성을 표현하는데 지장을 받게 된다.

그뿐만 아니라 밥을 먹는 타이밍도 중요하다. 식사한 후 바로 노래를 하게 되면 위와 장에 가득 차 있는 음식물 때문에 횡격막을 아래로 충분히 내리지 못하게 된다. 따라서 복식호흡을 하는데 지장이 생기게 되는 것이다.

반대로 식사한 후 4~5시간이 지나면 배가 고파서 에너지가 약해져서 호흡의 힘을 충분히 사용하지 못하게 된다. 그래서 최상의 컨디션을 유지하기 위해 식후 2시간에서 4시간 사이에 노래할 수 있도록 시간을 조정한다.

그런데 입시나 콩쿠르같이 대기 시간이 길어질 경우에는 자신에게 맞는 간식을 준비해서 에너지가 고갈되지 않도록 한다. 성악가에게 가장 위협이 되는 것이 있다면 바로 감기이다. 감기에 걸리면 발성 기관인 목과 코에 불편함이 생기고, 기침 감기의 경우에는 호흡에 지장을 주고, 몸살감기는 전반적인 컨디션의 저하가 생기게 된다.

감기에 걸리지 않도록 비타민을 먹고 물을 충분히 마시고 적절히 운동하며 숙면을 하기 위해 노력한다. 결론을 내린다면, 좋은 컨디션을 유지하는 것이 실력이라는 것이다.

탁구를 하면서 노래할 때와 같은 경험을 한 적이 많다. 경기 전날 잠을 잘 자고 당일 날 식사도 잘하면 컨디션이 좋다. 그런데 경기 전날 숙면하지 못하고 피곤한 상태로 시합하게 되면 실수가 잦아진다. 또한, 연속으로 며칠 동안 무리하게 운동을 한 후에 시합하게 되면 몸이 아주 무거워서 제 실력을 발휘하지 못하는 경우가 많다.

프로야구에서 선발투수가 매일 시합에 나갈 수 없다. 시합 날 공을 많이 던지면 며칠 동안 쉬어줘야 다시 최상의 컨디션으로 공을 던질 수 있다. 마찬가지로 탁구도 개인마다 무리 되지 않는 정도가 정해져 있다. 어느 정도 운동을 했을 때 최상의 컨디션이 발휘되는지를 아는 것이 중요하다.

나의 경우 3일 연속으로 탁구를 3시간 이상 치게 되면 허리와 팔에 통증이 생기고, 다리가 무겁다. (나의 탁구 스타일은 풋워크를 많이 하고, 끊임없이 공격하는 스타일이기 때문에 체력 소모가 많은 편이다) 그뿐만 아니라 시합 당일 날 시간에 쫓겨 식사를 제대로 하지 못하고 경기하게 되면 제 컨디션이 나오지 않는다. 또한, 시합 직전에 과식해도 몸이 무겁다.

2012년 가을에 탁우회 전국모임을 참석했다. 그야말로 전국 각지의 탁우회 회원들이 한자리에 모였다. 서울, 경기, 천안, 대전, 전라도, 경상도에서 100여 명이 넘게 모였다. 부수별로 예선, 본선을 통해 최강자를 가리고, 조별로 단체전을 진행한다.

나는 이 모임에서 소위 멘붕에 빠지게 되었다. 모임 전날 일 때문에 부산에 다녀왔다. 막차 타고 서울에 도착해서 잠자리에 들 때 새벽 2시였다. 아침 9시에 시합장에 도착해야 하는데, 7시에 일어나야 9시에 도착할 수 있었다.

부산에 다녀와서 평소보다 피곤했는데, 잠도 충분히 자지 못하게 된 것이다. 정신력으로 시합했지만, 익숙하지 않은 시합장이라 더욱 실수가 잦았다. 난생처음으로 하위 토너먼트로 가는 신세가 되었다. 또한, 단체전에서 나의 몫을 충분히 하지 못하게 되었다.

이겨야 하는 상황에서 역전당해 패하게 되어 조원들에게 미안한 상황이 되었다. 그날 이후로 탁우회 회원들은 내가 큰 시합에 약하다는 말을 몇 달에 걸쳐 쏟아냈다. 어쩌겠는가, 컨디션 관리도 실력인데.

반대의 경우도 있었다. 2012년 4월에 열렸던 탁벼시(Daum카페, 탁구벼룩시장) 정모에 참석할 때였다. 그날은 정말 숙면하고 식사도 잘했다. 몸이 가뿐했다. 처음 가는 시합장이었고, 아는 사람이 한 명도 없었다.

탁구장에서 5부라고 했더니 5+부로 출전하라고 했다. 낯선 시합장이었지만, 예선에서 전승하고, 본선 토너먼트에서 우승까지 했다. 경품으로 고가의 백팩을 받게 되었다. 그날은 컨디션이 아주 좋아서 평소에 실수가 잦았던 공까지 들어갔다. 운영자가 다음 시합 때부터는 4부로 출전해야 한다고 했다.

물론 컨디션을 관리한다고 해서 마음먹은 대로 관리가 되는 것은 아니다. 여러 상황이 있어서 최상의 컨디션을 항상 유지하기는 쉽지 않다. 특히 탁구를 전공으로 하는 사람도 아니므로 프로 수준의 컨디션을 유지하는 것은 어렵다.

하지만 자신의 컨디션 관리 방법을 정리해 두면, 꼭 필요할 때 좋은 컨디션으로 시합에 나갈 수 있다. 언제 컨디션이 좋았는지, 어떻게 하면 좋은 컨디션을 유지할 수 있는지 지속해서 메모하면 자신만의 컨디션 관리 비법이 생길 것이다.

좋은 컨디션을 유지하는 것이 실력이다

레슨 때 배운 것을 써먹어야
내 기술이 된다

하루는 레슨을 기다리며 앞사람의 레슨을 구경했다. 그의 레슨을 보며 감탄했다. 낮은 자세로 하회전 볼을 드라이브로 강타하는 것이었다. 반구 되어 오는 공을 스피드 드라이브로 공격하는 모습이 정말 멋졌다.

코치님의 시스템대로 포핸드 드라이브, 백핸드 드라이브, 돌아서서 포핸드 드라이브까지 실수하지 않으면서 공격을 연결했다. 그리고 기본기도 매우 좋았다. 하프발리나 포핸드 롱에서 자세가 좋았고 실수도 별로 없었다. 부러웠다. '나는 언제쯤 저렇게 기본기를 갖출 수 있을까'라는 생각을 하게 만들었다.

그와 나의 레슨이 끝나고 한게임을 청했다. 바짝 긴장하고 게임에 들어갔다. 실수로 하회전 서비스를 길게 넣자 강력한 드라이브로 공격하는 것이 아닌가. 파워풀한 드라이브에 깜짝 놀랄 정도였다.

그래도 희망을 품고 기회가 있을 때마다 공격하기 시작했다. 그런데 1세트가 끝나기도 전에 전세는 바뀌었다. 내가 드라이브로 공격하자 방어만 하는 것이 아닌가. 내가 공격하면 그는 블록을 대기 시작했다.

블록된 공을 내가 공격하니 나의 포인트가 쌓이기 시작했다. 그는 그 이후로 계속 블록만 대고 수비만 했다. 결과는 뻔했다. 3대 0으로 승리했다. 승리했지만 기쁘지 않았다. 안타까웠다. 아까 레슨받을 때의 모습은 어디 갔는가. 그 실력을 경험해보고 싶었는데, 경기 중에 거의 볼 수 없었다.

그래서 내가 물었다. 레슨받을 때의 공격을 경기에서 왜 하지 않았느냐고. 그랬더니 이런저런 말을 쏟아놓았는데, 결론은 한 가지였다. 실수가 두려워서.

Behind Story 10 **4점 앞서면 과감한 공격을**

누구나 실수를 싫어한다. 실수가 쌓이면 실패가 되고 실패가 쌓이면 자신감이 사라지게 된다. 그러나 실수를 하지 않고 성장할 수는 없다. 김연아 선수는 최고의 스케이팅 선수가 되기까지 어마

레슨 때 배운 것을 써먹어야 내 기술이 된다

어마한 실수를 경험했다. 김연아 선수는 7세에 처음 스케이트를 신고 13년 동안 하루 10시간씩 연습하며 12만 번의 점프를 했다고 한다.

그녀의 저서 〈김연아의 7분 드라마〉에 보면, 한 가지 점프 기술을 습득하기까지 3,000번 정도의 엉덩방아를 찧는다고 한다. 수많은 시도와 실수를 통해 점프 기술을 습득하게 된 것이다.

새로운 기술을 나의 것으로 만들기 위해서는 과감하게 실수를 해야 한다. 특히 연습 게임에서는 과감하지 않을 이유가 없다. 레슨 때 배운 것을 시도해야 나의 기술이 될 수 있다. 김연아가 엉덩방아를 찧듯이 우리는 기술을 시도하다가 네트에 걸려야 한다. 홈런을 쳐서 테이블 밖으로 나가야 한다. 그런 과정을 거쳐서 정확도 높은 기술을 습득할 수 있기 때문이다.

나는 5부 때부터 치키타 기술을 연습했다. 치키타는 짧은 하회전 서비스에 대한 대상 공격 기술인데, 탁구장에서는 2부 한 명과 5부였던 내가 주로 구사했다. 치키타 기술을 시도하다가 실수했던 장면이 지금도 기억난다. 함께 경기했던 분들도 그것을 기억하고 있으리라.

연습 게임 때 수없이 많이 실수했으며, 복식 게임에서도 치키타를 시도하다가 실점한 적이 많다. 그래서 어떤 분은 농담으로 '복식 게임 할 때는 연습하지 마세요!'라고 말하기도 했다.

'치키타'는 Chiquita banana 즉, 바나나 회사의 이름에서 따온 명칭이며, 백핸드 드라이브로 구사할 수도 있고 혹은 백핸드 플릭으로 구사할 수도 있다. 공의 측면을 건드려서 회전을 만들어 넘기는 기술이며, 사이드 스핀을 먹기 때문에 바나나처럼 휘어지는 궤적이 만들어진다. 장지커, 마롱, 옵차로프 선수가 자주 사용하는 기술이다.

끊임없이 치키타를 연습하다 보니 5부 때 이미 나의 주무기(主武器)가 되어 버렸다. 짧은 하회전 서비스나 짧은 무회전 서비스를 치키타로 공격할 수 있었고, 2구째부터 선제를 잡게 되어서 '효자 기술' 중에 하나가 되었다.

물론 시합에서는 조심스럽게 사용했다. 특히 본선 토너먼트에서는 패하면 시합이 끝나기 때문에 신중하게 사용했다. 하회전 서비스에 대해서 보스커트로 하회전으로 보낼 때도 있었지만, 4점 정도 앞설 때는 자신감 있게 사용했다. 실수하더라도 점수에 여유가 있어서 만회할 기회가 있었다. 치키타뿐만 아니라 새롭게 레슨 때 배운 기술이 있으면 4점 앞설 때는 과감하게 사용했다.

긴 하회전 서비스에 대한 리시브를 할 때도 하회전으로 푸시를 하곤 했지만, 레슨 때 백핸드 드라이브로 리시브하는 법을 배웠

레슨 때 배운 것을 써먹어야 내 기술이 된다

다. 레슨을 받을 때도 초기에는 실수가 잦았기 때문에 시합에서 사용할 때 매우 신중하게 사용했다.

4점을 앞설 때는 과감하게 사용했다. 과감하게 사용하다 보면 오히려 심적으로 편해서 성공률이 높아졌다. 설령 실수하더라도 큰 문제가 되지는 않았다. 5판 3선승제에서 2대 0으로 앞서갈 때는 3세트에서 전체적으로 과감한 시도를 했다. 한 세트 내어줘도 기존 기술로 얼마든지 공략할 수 있기 때문이다. 앞서 언급했지만, 연습 게임 때는 부담 없이 사용한다. 실수를 연발하더라도 장기적으로 보면 유익하기 때문이다.

5부 때에 중진에서 백핸드 드라이브를 구사하는 것도 레슨 때 배운 것처럼 시도했다. 5부 수준에서는 보통 안전하게 넘겨줄 볼인데 중진에서 과감하게 백핸드 드라이브로 공격을 시도했다.

시합하다가 어려운 서비스를 넣는 사람을 발견하게 되면 그의 서비스를 벤치마킹하여 연습 후에 시도해봤다. 마찬가지로 연습 게임 때는 부담 없이, 중요한 경기에서는 4점 앞서거나 세트를 2대 0으로 앞설 때 신중하게 시도했다. 이런 방식을 통해 기술을 하나씩 나의 것으로 만들어갔다. 결국, 실수하더라도 써먹어야 나의 기술이 된다.

새로운 기술을 터득하려고 19개월 동안 실패한 사람

다음의 내용은 『시간의 마스터』(한홍 지음)에 나오는 타이거 우즈 이야기다. 새로운 기술을 얻기 위해 스스로 실패하기로 한 타이거 우즈의 이야기를 소개한다.

타이거 우즈는 자타가 공인하는 골프의 달인이다. 그런데 놀라운 것은 그 어린 나이에 마스터스 대회를 비롯한 프로 골프 투어를 계속 석권해 가면서도 끊임없이 연습한다는 사실이다.

특히 그가 자신을 스스로 다듬어 가기 위해서 쏟는 노력은 경이롭기까지 하다. 1997년 그가 2위와 엄청난 격차를 두고 마스터스 대회를 휩쓸었을 때의 일이다. 우승 뒤 그는 자신의 경기 내용을 담은 비디오테이프를 분석했다. 경이로운 300야드 드라이브, 거의 실수 없는 퍼팅.

그러나 우즈는 한숨을 쉬며 중얼거린다.

"내 스윙은 형편없구먼."

20세의 나이에 15개의 PGA 토너먼트를 석권하고 상금만 180만 불에 광고 수입 6천만 달러를 거머쥔 그다. 마스터

레슨 때 배운 것을 써먹어야 내 기술이 된다

스 대회에서도 세계 최고의 골퍼들과 맞서서 믿기 어려운 플레이를 보였다. 이미 많은 이들이 잭 니콜라우스의 뒤를 잇는 차세대 골프 천재라고 격찬하던 그다.

그 절정의 순간에 그는 자신이 그때까지 해오던 스윙 스타일을 완전히 바꿔 보기로 결심한다. 실로 위험한 도박이었다.

그러나 그는 말했다.

"마스터스에서 나는 다른 골퍼들보다 스윙을 잘한 것이 아니라 타이밍이 좋았을 뿐이다. 스윙이 약해도 타이밍이 좋으면 몇몇 경기에선 좋은 성적을 낼 수 있으나 장기적으로 우승을 보장하진 못한다. 나는 그래서 내 스윙을 바꾸기로 결심했다."

우즈가 자신의 코치인 버치 하몬에게 전화해서 자신의 결심을 알렸을 때 이 현명한 코치는 여기에 수긍하면서 이렇게 말했다.

"좋은 결심이지만, 하룻밤 새에 이루어지진 않을 거야. 몇 달이 넘도록 피나게 연습해야 새로운 스윙을 몸에 익힐 텐데, 그렇게 되면 한동안은 토너먼트 성적이 전보다 좋진 않을 테지. 그러면 시기하는 사람들이 타이거 우즈는 벌써 슬럼프에 빠졌다고 떠들어댈 터인데, 그 모든 것을 감수해야 해."

그러나 우즈는 그것을 각오하고 매일 하루 수백 번의 스윙 연습을 하고 그것을 밤에 비디오로 분석해 다시 필드로 나가 연습했다.

그때부터 1999년까지 19개월 동안 그는 단 한 개의 토너먼트에서만 우승하는 저조한 성적을 기록했다. 그러나 그는 질 때마다 '나는 97년 마스터스 대회에서 우승할 때보다 더 나은 골퍼가 되어 가고 있다'고 자신 있게 말했다.

"꼭 우승하는 것만이 내가 발전하고 있다는 증거는 아니다. 사람에 따라서 패배에서 더 많이 배우기도 한다."

그리고 1999년 5월, 우즈는 마치 긴 터널에서 빠져나온 것 같은 기분을 느꼈다. 마침내 자기가 그토록 꿈꿔 오던 수준 그대로 스윙이 나가는 것을 느낀 것이다. 그리고 그 해 참가한 14개 토너먼트 중 10개를 휩쓸었고 PGA 투어만 8개를 석권하는 경이적인 기록을 달성했다.

그리고 1999년 말부터 2000년 초까지 6개 대회를 연속 우승했다. 골프 황제 잭 리콜라우스의 한 해 최다 우승 기록을 우즈는 24세라는 어린 나이에 경신해 버린 것이다.

레슨 때 배운 것을 써먹어야 내 기술이 된다

우즈가 우승한 대회마다 준우승한 어니 엘스는 이렇게 말했다.

"우리와 우즈는 전혀 다른 차원의 게임을 하는 것 같다."

많은 골프 전문가들은 타이거 우즈의 가장 큰 강점은 이런 끊임없는 자기 계발과 훈련에 있다고 지적한다.

우즈가 17세가 되던 해부터 그를 지도했던 코치 하몬은 말하기를,

"우즈는 일단 자신의 약점을 파악하기만 하면 훈련을 통해 반드시 그것을 강점으로 바꿔 놓고 만다."

동영상에서 배우다

고등학교 1학년 때 3테너 공연을 처음 접하게 되었다. 루치아노 파바로티, 플라시도 도밍고, 호세 카레라스의 합동 공연이었다. 비디오를 구해 시간 날 때마다 영상을 감상했다.

처음에는 루치아노 파바로티의 힘 있고 멋진 고음이 가장 멋있어 보였다. 그러다가 우연히 플라시도 도밍고와 존 덴버의 Perhaps Love를 듣고 나서 도밍고의 미성에 매료되었다.

3테너 중 파바로티와 도밍고는 마음에 들었지만, 카레라스는 왜 3테너에 포함되었는지 의아했다. 후에 3테너 공연이 어떻게 기획되었는지를 알게 되었다.

3테너 공연은 1990년 로마 월드컵 때 기념공연으로 기획되었다. 호세 카레라스는 1987년에 백혈병 진단을 받고 죽음을 준비했다. 살아날 확률이 10% 미만이었다.

그러나 기적적으로 살아난 카레라스는 백혈병 재단을 만들게 된다. 경쟁자였던 파바로티와 도밍고와 함께 백혈병 재단 기금 조성을 위한 공연을 열게 된 것이었다.

회복된 지 얼마 되지 않은 1990년 3테너 공연에서는 카레라스의 목소리에 힘이 부족했고, 호흡도 짧았다. 그래서 카레라스의 제 실력을 보기 힘들었다. 그 사실을 안 이후에 카레라스의 젊은 시절 영상을 찾아보기 시작했다. 카레라스의 탁월한 음악성과 폭발적인 고음을 감상하면서 카레라스에게 완전히 빠지게 되었다.

고등학교 3학년 때는 1년 내내 카레라스의 독창회 비디오를 매일 감상했을 정도였다. 그때 나의 별명은 '카레라스'였다. 전교생을 대상으로 음악회를 했는데, 그때 나는 두 곡을 불렀다.

그때의 나의 표정과 손짓, 음악성은 호세 카레라스 그 자체였다. 물론 음악성과 발성의 수준은 대가와 비교할 수 없는 수준이었지만, 내가 노래하는 순간 호세 카레라스의 모습이 떠오를 정도였다. 카레라스의 영상을 통해 음악을 표현하는 방식과 표정 연기, 모션을 배우게 되었다.

그 이후 메조소프라노 체칠리아 바르톨리, 바리톤 드미트리 흐보로스토프스키, 소프라노 미렐라 프레니, 테너 프리츠 분더리히 등 헤아릴 수 없을 정도로 많은 성악가의 영상과 음반을 구해서 감상하고 흉내 내고 배웠다.

탁구를 본격적으로 시작할 때 세계적인 선수의 영상을 찾아 모으기 시작했다. 과거와 달리 요즘엔 손쉽게 영상을 구할 수 있다. 유튜브에 검색해보거나 탁구 사이트에 가면 영상이 넘쳐난다. 많은 영상을 접해보고 나에게 가장 끌리는 세 명의 선수를 찾아냈다. 장지커, 마롱, 티모볼이었다. 이들의 영상을 내려받아서 스마트폰에 넣어 다니며 감상했다.

처음엔 경기하는 모습 자체를 감상했다. 배우려는 동기보다는 즐기려는 동기로 보기 시작했다. 멋진 맞드라이브를 보는 것이 즐거웠고, 긴 랠리로 이어지는 화려한 플레이에 감탄했다.

장지커 선수가 2011년 세계선수권 대회에서 우승한 후 상의를 찢는 세리머니를 볼 때는 박장대소했다. 2012년 런던 올림픽에서 우승했을 때, 시상대로 달려가 금메달 시상대에 입을 맞추는 세리머니도 기억에 남는다.

주로 2010년부터 2013년에 경기한 하이라이트 영상을 반복해서 봤다. 처음에는 10개 정도의 영상을 지니고 다니다가 50개 이상을 저장했을 때도 있다. 그중에는 경기 영상 외에도 훈련 영상도 있었다. 그러다가 정리하고 가장 도움이 되는 30개 정도의 영상을 정리해서 보고 있다.

반복해서 보면 경기내용을 외울 정도가 된다. 그런데 반복해서 볼 때마다 재미있다. 왜냐하면 전에 보이지 않았던 것이 점점 보이기 때문이다. 특히 최근에 레슨받았던 내용을 중심으로 보면 더욱 잘 보인다.

예를 들어 포핸드 드라이브를 배울 때 두 가지로 레슨받았다. 먼저 하회전 서비스를 넣고 3구에서 하회전으로 돌아오는 볼을 드라이브하고, 다시 블록으로 돌아오는 5구를 드라이브하는 레슨을 받았다.

초기에는 3구에서 루프식으로 드라이브를 했다가 돌아오는 5구째 공에서는 홈런을 치는 경우가 많았다. 3구를 드라이브하는 방식으로 5구를 드라이브했기 때문이다. 하회전볼에 대한 3구 드라이브는 아래에서 위쪽으로 스윙하는 루프 드라이브를 했다면, 블록으로 돌아오는 5구에 대한 공은 뒤에서 앞쪽으로 스윙하는 스피드 드라이브를 해야 안정적으로 연결할 수 있는 레슨이었다.

처음에는 마음대로 통제되지 않았다. 3구와 5구의 다른 방식의 드라이브를 배울 때 영상을 보며 선수들이 어떻게 스윙을 하는지 유심히 본 적이 있다. 레슨 때 코치님이 가르쳐주신 대로 스윙의 방향이 다른 것을 보게 되었다. 영상을 보며 코치님이 말씀하신 것이 잘 이해가 되었다.

여러 연상을 한 가지 레슨 핵심만 생각하며 집중적으로 보게 되니 점점 스윙이 보이기 시작했다. 장지커, 마롱, 티모볼 모두 자세는 다르지만 하회전에 대한 드라이브 스윙 방향과 상회전에 대한 드라이브 스윙 방향이 명확하게 다르다는 것을 알게 되었다.

다른 예를 든다면, 커트로 수비하는 전형에 대한 드라이브하는 법을 레슨받을 때가 있었다. 탁구장에 수비수가 있었기 때문에 어떻게 공략해야 할지 레슨을 받았었다. 역시 레슨 때 설명을 듣고 코치님의 시범을 보며 배웠다. 그런데도 초기에는 실수가 굉장히 잦았다.

그 당시에 집중적으로 본 영상은 마롱 VS. 주세혁 선수의 경기와 티모볼 VS. 주세혁 선수의 경기를 집중적으로 감상했다. 커트된 공을 어떻게 드라이브하는지 공부했다. 다리와 허리와 팔의 힘을 어떻게 사용하는지 점점 보이기 시작했다. 역시 코치님의 말씀이 어떤 내용인지 영상을 통해 더욱 이해하게 되었다.

영상에서 본 것처럼 흉내를 내며 레슨을 받았더니 좋아졌다는 말을 들었다. 탁구장의 수비수와 영상에서 본 것처럼 모방하며 게임을 했더니 성공률이 높아졌다. 물론 영상을 며칠 보고 흉내 낸다고 해서 바로 적용되는 것은 아니다. 보통 수개월 동안 집중적으로 레슨받으면서 영상에서 배우고 난 후에 조금씩 좋아지는 것이다.

한번은 장지커 선수의 백드라이브 훈련 영상을 입수하게 되었다. 주로 하회전 볼에 대한 백드라이브를 하다가 한 번씩 상회전 볼을 랜덤으로 백드라이브하고, 또 하회전 볼을 백드라이브하는 훈련이었다.

그 영상을 입수하고 장지커 선수의 하체가 얼마나 좋은지 정확하게 확인하게 되었다. 하체의 힘으로부터 백드라이브가 시작되는 것이 명확하게 보이는 영상이었다. (탁구 노트 카페에서 영상을 감상할 수 있다. http://cafe.daum.net/ttnote)

그 영상을 수개월 보다가 때가 되었을 때 레슨 때 코치님께 그 영상을 직접 보여드렸다. 그리고 같은 시스템으로 레슨해달라고 부탁했다. 처음에는 1분 정도 백드라이브 훈련을 하다가 힘들어서 멈췄다.

영상으로 보는 것은 쉬워 보였는데 직접 해보니 다리와 허리와 팔의 힘이 매우 부족함을 느꼈다. 레슨을 반복하며 한 달 두 달 넘게 반복하니까 조금씩 시합에서 성공률이 높아졌다.

서비스를 배울 때는 영상의 힘이 컸다. 선수들의 영상이 없었다면 YG 서비스를 배우기 힘들었을 것이다. 장지커, 티모볼 선수의 YG 서비스가 멋져 보여서 연습을 시작하게, 된 것이다.

이 외에도 영상을 배운 것이 매우 많다. 서비스를 넣을 때 코스를 어떤 식으로 변화를 주는지, 서비스를 넣은 후 어떻게 자리를 빨리 잡는지, 서비스를 넣은 후에 어떤 전략으로 공격하는지 등 보면 볼수록 많은 것들이 보이기 시작했다.

기술적인 것 외에도 배우는 것이 많다. 예를 들어 8대 10이나 7대 10으로 지고 있는 상황에서도 끝까지 포기하지 않고 집중해서 듀스를 만들고 역전을 이뤄내는 멘탈도 배우게 된다.

심지어 세트 스코어 0대 3 상황에서 4세트 8대 9로 지고 있는 상황에서 역전을 만들어내고 4대 3으로 대역전극을 이뤄내는 영상을 본 적이 있다. 그 영상은 2010년 독일에서 열린 월드컵 대회 준결승에서 장지커 선수와 미주타니 준의 경기에서 실제로 일어난 일이었다. (탁구 노트 카페에서 영상을 감상할 수 있다. http://cafe.daum.net/ttnote) 그 영상을 반복해서 봤기 때문에 나에게도 그런 일이 있었던 적이 있다.

2012년 4월 말에 열린 탁벼시(탁구벼룩시장) 대회 결승전에서 세트 스코어 0대 2로 지고 있었다. 나와 상대는 5부였다. 마지막 3세트에서 5대 9로 지고 있었다. 2점만 내주면 준우승을 해야 하는 상황이었다.

이때 전략을 바꾸기 시작했다. 그전까지는 긴 서비스 위주로 경기하다가 2구에서 공격을 당하는 패턴이었다. 전략을 바꿔 짧은 하회전과 짧은 무회전 서비스로 바꿨다. 그때부터 나에게 기회가 찾아오기 시작했다. 3세트에서 듀스까지 만들었다가 13대 11로 승리했다.

세트 스코어는 1대 2가 되었다. 4세트에서도 쉽지 않은 상황이 펼쳐졌다. 듀스까지 갔다가 결국 2대 2를 만들었다. 그리고 마지막 5세트에서는 11대 9로 승리해서 우승하게 되었다.

전략을 바꾸고 끝까지 포기하지 않은 결과 역전승을 얻게 된 것이다. 그것은 전에 영상을 보지 않았었다면 불가능한 일이었다. 악착같이 역전시키는 장지커 선수의 영상을 반복해서 봤기 때문에 가능한 일이었다.

그야말로 성장하는 만큼 보인다. 아직도 새롭게 보이는 것이 많고, 앞으로 보아야 할 것이 매우 많을 것이다. 선수 수준까지 올라가기는 힘들어서 영원히 보지 못하는 부분도 있을 것이다. 어느 수준까지 볼지는 모르지만 성장하는 만큼 보일 것으로 보이는 만큼 성장할 것이다.

마음에 맞지 않는 상대와 경기할 때

탁구장에서는 사람이 많을 때 자리가 없으면 심판을 보고 게임에 합류하는 암묵적인 룰이 있다. 나는 누가 합류해도 기분 좋게 게임을 하는 편이다. 그런데 탁구장에 몇 달만 다녀 봐도 그들만의 계파가 있음을 알게 된다.

마음에 맞는 사람과 게임을 하는 분위기가 있으며, 싫어하는 사람과는 멀리하는 경향이 있다. 그런데도 나는 최대한 다양한 사람과 게임을 하려고 노력하고, 이름을 불러주며 대화하려고 애쓰는 편이다.

그런데 어느 날 새로운 사람이 왔는데 게임을 하는 자세가 심상치 않았다. 나와 그의 실력은 비슷한 정도였는데, 자신이 원하는 대로 게임이 되지 않으면 얼굴이 붉어지기 시작했다. 점수 차이가 벌어지면 혼잣말로 험한 말을 내뱉기 시작한다. 나는 그와 경쟁할 마음이 없지만, 그는 이기려고 안간힘을 다 쓰는 모습이었다. 탁구를 하자는 것인지 싸우자는 것인지 모를 정도의 분위기였다.

이런 경험이 반복되자 그와 게임을 하면 불쾌한 마음이 들기 시작했다. 나는 탁구를 하며 싸우고 싶은 마음도 없으며, 이기기 위해 모든 수단과 방법을 쓰고 싶지 않았다. 오히려 나보다 뛰어난 사람이 있으면 경기를 통해 배우고, 나보다 부족한 사람이 있으면 최선을 다해 경기를 해주면서 상대에게 도전이 될 수 있도록 하는 탁구를 추구한다.

그런데 그는 자신의 실력보다 부족한 상대, 특히 여성과 경기할 때는 아빠 미소를 지으며 경기하지 않는가. 또한, 실력이 압도적으로 강한 자에게는 자신을 낮추며 비굴모드로 탁구를 하는 것이 아닌가. 그런데 자신과 비슷하거나 조금 나은 사람과 경기할 때는 어김없이 얼굴이 붉어지며 싸우듯이 게임을 했다.

즉 자신보다 부족한 실력의 사람에게는 교만하고, 자신보다 뛰어난 사람에게는 비굴하고, 자신과 비슷한 사람에게는 승부욕을 불태운다. 이런 사람이 자신과 비슷한 상대에게 지면 과도한 스트레스를 받는다. 그리고 그 모습을 보는 사람들도 스트레스를 받는다.

나는 시합 때 어쩔 수 없이 만나야 할 때를 제외하고는 될 수 있으면 피하고 싶었다. 나는 탁구를 하며 싸우고 싶은 마음이 없기 때문이다. 그런데도 집요하게 심판을 보며 게임에 들어오는 것이 아닌가.

나는 그럴 때마다 불쾌한 마음이 들지 않도록 노력했다. 감정에 휘말리지 말고 나의 페이스와 기분을 유지하려고 애썼다. 그러면서 그가 왜 저런 양상을 보일까 깊이 생각해 보는 시간을 가졌다.

나의 생각이 한 단어로 정리되었다. 자존감이었다. 자존감이 낮아서 경기에서 이김으로써 자신을 증명하려고 하는 것이다. 탁구 실력으로 자신의 존재감을 드러내고 싶은 것이다. 자신보다 약한 사람에게는 아빠 미소를 지으며 여유롭게 자신의 실력을 뽐낸다.

반대로 압도적으로 강한 사람에게는 굽실거리며 자신을 낮춘다. 강자에게는 약하고 약자에게는 강한 것이다. 그리고 비슷한 자에게는 전투적으로 싸워 이겨서 자신의 강함을 나타내려고 하는 것이다.

여기까지 생각이 정리되자 그를 대하는 태도를 바꾸게 되었다. 나는 그를 변화시킬 능력이 없다. 누구도 그를 변화시킬 수 없다. 그런 성격이 1~2년 만에 만들어진 것이 아니기 때문이다. 수십 년에 걸쳐서 형성된 낮은 자존감을 어떻게 바꾸겠는가.

내가 할 수 있는 것은 단지 그가 좋은 실력으로 탁구를 했을 때 '나이스!'라고 외쳐주는 것이다. 처음에는 '나이스!'라고 해 주자 약간 당황하는 눈치였다. 자신이 이겨야 하는 상대가 오히려 칭찬을 해주니 말이다.

그런데 계속 '나이스!'를 외치자 약간 부드러워지는 것을 느끼게 되었다. 한 달, 두 달이 넘게 '나이스!'를 외쳐도 좀처럼 전투적인 자세는 변하지 않았다. 그러나 계속 '나이스!'를 외칠 것이다.

그리고 게임이 끝나면 그의 장점을 구체적으로 칭찬해 주었다. 서비스가 까다로워서 좋은 서비스를 가지고 있다느니, 높이 뜨는 볼에 대한 공격의 정확도가 높다느니, 코스를 잘 찌르는 능력이 뛰어나다느니…… 꾸준히 칭찬해 주었더니 싸우는 분위기가 점점 가라앉는 것을 느꼈다.

그리고 그사이에 나의 실력은 그에 비해 많이 성장하게 되었다. 지금은 칭찬 때문인지, 실력 때문인지는 모르겠지만, 얼굴이 붉어지는 횟수가 많이 줄어든 것 같다. 내가 큰 영향을 미칠 수는 없지만, 나만의 방식으로 그의 페이스에 말리지 않으면서 부드러운 분위기로 만들어간 사례이다.

천적은 나의 약점을 깨닫게 해 주는
고마운 존재다

경기하다 보면 유난히 승률이 낮은 상대가 있다. 그와 경기를 하면 매번 참패한다. 같은 부수에서 유난히 어려운 상대가 있다. 그런 사람이 바로 천적(天敵)이다.

두 부수 이상의 차이가 있는 고수는 모두 유난히 어려운 상대이지만 그들을 천적이라 부르지 않는다. 그냥 고수이다. 그런데 동일 부수에 있는 사람 중에 특별히 어려운 상대가 바로 천적이다. 나에게도 여러 명의 천적이 있었다.

5부 때 천적 중의 한 명은 10번 경기하면 2번 이기기도 힘들 정도의 천적이었다. 다른 5부에 비해 유난히 어려웠다. 그의 장기(長技)는 빠른 횡회전 서비스였다. 뒤 쪽으로 들어오는 빠른 횡회전 서비스에 대책 없이 당했다.

폼은 같아 보이는데 서비스를 받아보면 어떤 공은 옆으로 날아가고, 어떤 공은 높이 뜨고, 어떤 공은 네트에 걸린다. 그 속도가 빨라서 구분하기가 쉽지 않았다. 서비스에 대한 리시브에 실패하면 초반부터 점수 차이가 벌려진다. 한 번씩 리시브를 실수하지 않고 넘겨주면, 이번엔 강력한 스매싱이 날아오는 것이 아닌가.

서비스를 받지 못해도 실점하고 리시브를 해서 넘겨주어도 공격당해 실점 되기 일쑤였다. 이 사람만 만나면 패배를 예감했고 실제로 패배했다. 그야말로 할 게 별로 없었다. 시합에서도 토너먼트에서 그를 만나면 입상은 어려워졌다. 운이 좋게 그를 피하면 입상을 하게 된 경우도 많았다.

결승에서 만나서 준우승에 머문 경우도 있었다. 그와 대등한 경기를 하기까지 오랜 시간이 걸렸다. 무수히 리시브 연습을 했으며 코치님께 특별 훈련도 여러 번 받았다. 그래도 즉시 해결되지 않았다. 내가 그 서비스를 그와 비슷한 방법으로 변화를 주며 연습했다. 그러기를 수개월 반복하며 리시브하는 방법을 배우고 공을 보는 눈을 기르면서 점점 극복되기 시작했다.

만약 그가 없었다면 빠른 횡회전 서비스에 대한 리시브 실력을 키울 기회를 그 당시에 얻기는 힘들었을 것이다. 5부 때 그의 서비스를 공략할 기회를 얻었기 때문에 후에 그와 비슷한 서비스를 구사하는 사람들을 만나도 당황하지 않을 수 있었다.

실제로 빠른 횡회전 서비스를 횡회전과 횡하회전으로 변화를 주는 사람을 여러 명 만났다. 그들을 대할 때마다 이미 백신을 맞았기 때문에 그들을 대항할 수 있었다. 천적에게 속절없이 패배할 때는 스트레스가 심했는데 극복하고 나니 그 부분에서 실력을 갖추게 된 것이다.

빠른 횡회전 서비스를 극복하게 된 과정을 정리한다면, 초기에는 쉽게 실점하기만 했다. 옆으로 날아가거나 위로 날아가거나 네트에 걸렸다. 그러다가 서비스의 구질이 조금 파악되자 블록으로 넘기기 시작했다. 라켓의 각도를 잘 맞춰 블록으로 넘기는 단계까지 가게 되었다. 그러나 넘겨주면 그것을 스매싱이나 드라이브로 다시 공격당해 실점을 당했다.

그다음으로는 공을 보는 여유가 생기자 블록으로 방향을 바꿔 코스로 찔러주기 시작했다. 공격당하지 않도록 상대의 백사이드 깊숙한 방향으로 밀어주거나 포사이드 쪽에 공간이 보이면 깊숙한 방향으로 찔러주었다. 그랬더니 공격을 당하는 횟수가 점점 줄어들었다.

그다음 단계는 수비가 아니라 공격이다. 블록만 대고 있다가 드라이브로 공격하기 시작했다. 서비스의 속도가 빨라서 큰 스윙으로 드라이브하다가 실점을 많이 당했다. 그래서 짧은 스윙으로 각도를 맞춰 드라이브하기 시작했다. 백 드라이브로 넘겨주기도 하

천적은 나의 약점을 깨닫게 해 주는 고마운 존재다

고, 포핸드 드라이브로 넘겨주기도 했다.

드라이브로 넘겨준 이유는 아직 빠른 템포로 강하게 제칠 정도의 기술을 가지고 있지 못했기 때문이다. 하지만 일단 드라이브로 넘겨주면 그다음에 공격할 기회가 생겼다. 이런 방식으로 실력을 키우며 천적을 극복해 갔다.

빠른 횡하회전으로 서비스가 날아올 때는 5부 때는 하회전으로 넘겨주었다. 그때 당시에는 일단 넘겨줘서 리시브에 실패하지 않는 것이 중요했다. 3부가 되었을 때는 모두 드라이브로 처리했다.

백으로 빠른 횡회전 서비스와 빠른 횡하회전 서비스가 날아오면 모두 백 드라이브로 공격하게 되었다. 공이 튀어오는 모양을 보면서 구질을 파악하고 빠른 타이밍으로 각각의 서비스를 공격적으로 리시브할 수 있게 되었다.

Behind Story 13 루프 드라이브를 잘 다루는 천적

5부 때 나의 주 무기 중의 하나는 루프 드라이브였다. 루프 드라이브를 의도적으로 구사하려고 한 것은 아니었지만, 중고등학교 시절 교회에서 탁구를 칠 때 드라이브는 회전을 많이 걸어주

는 기술이라고 머리에 인지되었던 것 같다. 그래서 탁구장에서 코치님에게 레슨을 받으면서도 고정관념이 잘 깨지지 않았다.

드라이브를 레슨받을 때 무조건 루프 드라이브로 했다. 코치님은 루프 드라이브로 잘해야 하지만 스피드 드라이브를 배워야 한다고 강조했다. 그런데 특히 5부 때는 지적을 받아도 좀처럼 스피드 드라이브를 구사하기 어려웠다.

그래서 시간을 두고 스피드 드라이브를 배우면서 루프 드라이브 위주로 레슨이 진행되었다. 이런 방식으로 계속 레슨받고 연습하자 사람들이 나에게 별명을 붙여주기 시작했다. '티모볼'이라고. 티모볼 선수가 특히 루프 드라이브를 잘 다루기 때문인 것 같다. 아무튼, 나의 드라이브에는 회전이 강하게 작용한 것 같다. 그래서 상대방이 루프 드라이브를 잘 다루지 못하는 경우에는 쉽게 무너지는 것을 볼 수 있었다. 나의 입장에서는 공격이 성공되어서 득점을 쉽게 하게 된 것이었다.

문제는 루프 드라이브를 쉽게 잘 다루는 사람과의 경기 때 나타났다. 나의 주 무기인 루프 드라이브를 손쉽게 처리하는 5부들이 있었다. 쇼트나 블록으로 각을 잘 맞추어 리턴할 줄 알았다. 나는 루프 드라이브를 한 후 준비하고 있지 않다가 리턴되는 공에 당황해서 실점을 쉽게 했다. 또한, 루프 드라이브를 스매싱으로 강

천적은 나의 약점을 깨닫게 해 주는 고마운 존재다

하게 처리하는 5부도 있었다. 내가 루프 드라이브할 때마다 스매싱으로 강타당하는 것이 아니겠는가. 루프 드라이브는 날아갈 때 속도가 느리다. 회전은 많지만, 라켓에 맞는 면이 얇으므로 스피드가 느린 것이다. 그런데 그 공을 쇼트나 블록으로 밀어주는 경우가 있다. 그러면 오히려 빠른 속도를 내며 나의 테이블로 빠르게 떨어진다. 공격당하게 되는 것이다. 이런 사람들이 나에게는 천적이었다.

이렇게 루프 드라이브를 잘 다루는 천적을 극복하기까지 꽤 오랜 시간이 걸렸다. 우선 루프 드라이브의 연속 성공률을 높이는 것이 중요했다. 다른 사람의 경우 회전 많은 루프 드라이브로 공격하면 실수하기 쉬워 결정타가 되는 경우가 많다. 그래서 다음 공을 준비하지 않을 때가 많았다. 그런데 루프 드라이브를 잘 다루는 사람은 한 번, 두 번 공격해도 계속 공이 넘어온다. 끈질기게 공격하지 않으면 뚫리지 않았다. 5부 정도의 수준에 있는 사람들은 4~5번 정도 공격하면 뚫리는 경우가 많았다. 레슨을 통해 연속 성공률이 높아지면서 점차 득점력이 강해지게 되었다.

또 한 가지의 극복방법은 루프 드라이브의 다양성이다. 루프 드라이브라고 해서 같은 호를 그리는 것은 아니다. 어떨 때는 높이 뜨는 루프 드라이브, 어떨 때는 낮게 뜨는 루프 드라이브, 회전량에 있어서도 극회전 루프 드라이브, 약회전 루프 드라이브 등 다양한 루프 드라이브를 넘겨주면 상대가 곤란해 했다. 블록이나 쇼트로 밀어 공격하는 사람은 미스가 많아졌다. 회전량이 다르고 공이 날아오는 타이밍이 달라서, 네트에 걸리거나 테이블 넘어 날아가는 경우가 많아졌다.

5부뿐만 아니라 3부 때에도 루프 드라이브를 잘 다루는 전형에게 약점이 있었다. 3부 중 한 사람은 여러 번 루프 드라이브로 공격해도 모두 받아낸다. 받아낼 뿐만 아니라 루프 드라이브의 공을 강하게 쇼트나 블록으로 공격한다. 1부나 2부의 수준에 있는 사람 중에는 나의 루프 드라이브를 맞드라이브로 공격하는 사람도 있었다.

아무튼, 3부 정도의 루프 드라이브를 잘 다루는 사람을 공략하기 위해서는 스피드 드라이브를 구사할 수 있어야 했다. 루프 드라이브는 비교적 공의 스피드가 느려서 3부 수준에 있는 사람들은 각도 조절을 통해 수비하는 능력이 뛰어나다. 여유가 있을 때는 각도 조절 후 공격까지 진행한다.

이런 사람 중에는 루프 드라이브를 10회 정도 연결해도 받아내는 사람이 있었다. 그래서 루프 드라이브를 하다가 기회가 오면 스피드 드라이브로 수비를 뚫어내야 득점할 수 있다. 나는 특히

천적은 나의 약점을 깨닫게 해 주는 고마운 존재다

일펜 유저 중에 수비를 잘하는 사람에게 약점이 있었다. 좀처럼 극복되지 않았다.

그런데 3부가 된 지 5개월쯤 되었을 때부터 스피드 드라이브의 위력이 강해지면서 그들을 극복하기 시작했다. 그래서 루프 드라이브와 스피드 드라이브를 모두 구사하며 타이밍을 빼앗으며 득점을 할 수 있는 능력을 점점 갖추게 된 것이다.

Behind Story 14 코스 공격에 능한 천적

일펜 유저 중에 쇼트로 방향을 바꿔 코스 공격에 능한 사람들이 있다. 앞서 언급했듯이 나의 루프 드라이브를 코스를 바꿔 공격하고, 서비스에 대해서도 리시브를 빈자리로 찔러주는 공격으로 응수한다.

그렇게 빈자리로 공격당할 때 쉽게 실점하거나 가까스로 공을 받더라도 다시 다른 빈자리로 공격당해 실점을 당한다. 이런 전형의 경우 5부 수준, 4부 수준, 3부 수준, 심지어 1부 수준의 다양한 실력자들을 만나봤다. 아직 고수급의 코스 공격자는 극복하지 못했지만, 5부부터 3부까지는 많이 극복되었다.

이런 방식으로 코스 공격을 당할 때마다 코치님께 보고를 드렸다. 그러면 코스 공격에 대비한 레슨을 집중적으로 받게 되었다. 5부 당시에는 코스 공격을 당할 때 풋워크 기술이 부족해서 쉽게 실점을 허용 당했다. 포사이드나 백사이드로 빠지는 공을 재빨리 쫓아가서 드라이브로 공략하는 레슨을 반복했다.

초기에는 공을 쫓아가느라 중심이 무너진 경우가 많았다. 포사이드로 갈 때는 오른쪽으로 갸우뚱, 백사이드로 갈 때는 왼쪽으로 갸우뚱하길 반복했다. 중심을 잡으며 순발력 있게 풋워크 하기까지 정말 오랜 시간이 걸렸다. 가장 어려운 경우는 상대가 포사이드 깊숙이 공을 찌른 공을 리턴하면 반대쪽 백사이드 깊숙이 다시 공격하는 패턴이다.

나의 입장에서는 포사이드 끝까지 몸이 빠진 상태이기 때문에 다시 백사이드 끝까지 달려오며 공을 보내려면 상당히 빠른 발과 정확한 백드라이브 구사 능력이 동반되어야 한다. 엄청난 양의 훈련과 땀과 실수가 쌓이면서 점점 발이 빨라지고 순발력이 생기게 된다.

또 하나의 극복 방법은 바로 스피드 드라이브이다. 루프 드라이브는 속도가 느려서 상대가 여유 있게 코스를 공략할 수 있다. 그런데 공이 날아오는 속도가 빨라지면 코스로 공을 빼기가 쉽지 않게 된다. 황급히 받기에도 만만치 않게 된다. 코스로 빼려고 하다가 지나치게 되어 테이블 밖으로 나가게 되기도 한다.

공이 더 빨라지면 코스는커녕 공을 넘겨주기에 급급해진다. 결국, 네트에 걸리거나 테이블 넘어 날아가는 경우가 많이 생기게 된다. 루프 드라이브만 구사하다가 스피드 드라이브를 동시에 구사하기까지는 18개월 정도 걸렸다고 해도 과언이 아니다.

지금도 부족하다고 생각하는 부분이 바로 스피드 드라이브이다. 과거보다 공의 속도가 훨씬 빨라졌지만, 아직도 많이 부족함을 느낀다. 확실히 1부의 스피드 드라이브는 빠르고 파워풀하다는 것을 느낀다.

Behind Story 15 롱핌플 천적

마들 탁구장에 등록하기 전에는 한 번도 이질 러버 유저를 만난 적이 없었다. 중고등학교 때 교회에서나 동사무소에서도 한 번도 경험하지 못했다. 마들 탁구장은 회원이 많아서 그런지 다양한 이질 러버를 사용하는 회원들이 있었다.

처음 경험해 본 사람은 커트 주전형이다. 주세혁 선수처럼 후면에는 롱핌플 러버를, 전면에는 평면러버를 사용한다. 상대의 공격을 커트로 수비하는 전형이다. 그는 당시 3부였는데, 수비력이 좋은 편이었고 서비스도 다양했다. 5부 때는 너무 쉽게 패했고, 4부 때부터 조금씩 익숙해져 갔다.

그러나 한동안 그의 서비스에 쉽게 무너졌다. 그는 전면과 후면은 번갈아가며 서비스를 넣었다. 즉 전면과 후면은 바꾸어가며 서비스를 넣고 3구부터는 후면을 롱핌플로 사용했다.

같은 폼으로 하회전 서비스를 구사하지만, 전면과 후면을 바꿀 때마다 회전의 양이 달랐다. 리시브할 때 어떤 경우에는 네트에 걸리고 어떤 경우에는 높이 떴다. 회전 서비스도 마찬가지다. 평면러버를 사용할 때는 회전이 많이 걸리고, 롱핌플 러버를 사용할 때는 무회전으로 들어왔다.

초기에는 알면서도 공략하기 힘들었다. 머리로는 이해되지만, 서비스가 넘어올 때는 몸이 늦게 반응하는 경우가 많았다. 수없이 많은 실점을 당하면서 조금씩 배워나갔다.

그의 커트 수비는 더 어려웠다. 드라이브로 공격하면 공을 잘라치며 커트로 수비했다. 그 공을 다시 드라이브할 때 많은 실수를 범했다. 매우 강한 하회전으로 넘어오기 때문에 드라이브하다가 네트에 걸리는 경우가 허다했다.

천적은 나의 약점을 깨닫게 해 주는 고마운 존재다

각도를 잘 맞춰 루프 드라이브로 공격하면 다시 커트로 넘어왔다. 특히 낮게 깔려오는 커트볼은 하회전이 심하게 걸려 다시 공격할 때 네트에 자주 걸렸다. 그래서 어떨 때는 커트된 공을 스톱 형식으로 들어주다가 공이 높게 뜨게 될 때가 있다. 그러면 그는 돌아서서 스매싱이나 드라이브로 공격한다. 생각보다 공격력도 좋았다.

나의 답답한 플레이를 지켜보시던 코치님은 롱핌플로 레슨을 직접 해주셨다. 커트된 공을 루프 드라이브로 연결하는 훈련을 몇 개월에 걸쳐 집중적으로 레슨받았다.

다음으로 어려웠던 점은 롱핌플 쪽으로 블록 형식으로 대거나 미는 공이었다. 내가 하회전으로 보낸 공을 롱핌플로 블록을 대면 무회전으로 넘어오고, 상회전으로 보낸 공을 롱핌플로 블록을 대면 하회전으로 넘어왔다.

초기에 이 부분이 가장 어려웠다. 설명을 들어서 머리로는 알겠는데 막상 공이 넘어오면 실수하기를 반복했다. 끊임없는 실수 끝에 조금씩 느낌으로 감지하기 시작했다. 하회전 공을 보냈을 때 무회전으로 돌아오는 공을 보며 공격하기 시작했다.

드라이브한 공이 하회전으로 돌아올 때는 각을 맞춰 루프 드라이브로 공격했다. 구분이 정확하게 될수록 공격 성공률이 높아졌다. 나는 이런 전형이 탁구장에 있다는 것에 감사했다.

탁우회에 갔을 때 롱핌플 유저가 거의 없었다. 그러다가 몇 명의 롱핌플 유저가 나타났을 때 대부분 탁우회 회원들이 쉽게 무너지게 되었다. 롱핌플을 별로 다뤄보지 않았기 때문이다. 하지만 탁구장에서 롱핌플을 많이 다뤄봤던 나에게는 오히려 기회가 된 것이었다. 미리 학습한 효과를 톡톡히 보게 되었다.

레슨을 집중적으로 받고 그와 자주 게임을 하면서 오히려 롱핌플 유저가 더 공략하기 쉬워졌다. 나의 주특기는 루프 드라이브였으므로 더욱 유리했다. 커트된 공을 끊임없이 루프 드라이브로 공격하다가 공이 높게 뜨면 스매싱으로 마무리하기도 했다. 4부가 되자마자 3부였던 그를 거의 파악하게 되었다. 한 부수 낮았음에도 승률이 80% 이상 되었다.

4부가 된 지 3개월 정도 지났을 때 커트 주전형인 한 회원이 탁구장에 등록했다. 2부의 커트 주전형이었다. 커트 되는 공이 훨씬 회전이 많았고 낮게 깔렸으며 정확도가 높았다. 10번을 드라이브로 넘겨도 계속 커트로 수비한다. 왼쪽 오른쪽 가운데 방향을 바꿔가며 드라이브를 해도 커트로 수비를 한다.

초기에는 내 실수가 잦아서 패하다가 얼마 지나지 않아 핸디 없이 게임을 하다가 이기게 되었다. 두 부수 차이가 있음에도 불구하고 커트 주전형과는 대등하게 게임을 할 수 있었다. 역시 이전의 학습 효과 때문이었으리라.

Behind Story 16 숏핌플 천적

마들 탁구장에는 숏핌플 유저도 몇 명 있었다. 연세가 있는 분들이었는데, 기억에 남는 분들이 두 분 있다. 한 분은 70세 남성이며 한 분은 50대 중반 여성이다. 남성분은 3부, 여성분은 2부였다.

남성분은 70세임에도 불구하고 공격력이 대단하시다. 풋워크도 좋으시고 스매싱도 매우 좋으시다. 일팬에 숏핌플 러버를 붙여서 스매싱으로 공격하는 스타일이다. 백핸드 쪽으로 공을 보내도 백스매싱으로 공격하는데, 특히 백스매싱이 일품이다. 하회전이든 무회전이든 전진회전이든, 조금만 길면 바로 백스매싱이다.

성공률도 매우 높았다. 내가 공격하지 않으면 계속 공격당한다. 그래서 드라이브로 공격하면 쇼트로 수비하는데, 넘어오는 공이 롱핌플과는 또 달랐다. 롱핌플은 하회전으로 넘어왔다면 숏핌플은 무회전 형식으로 넘어왔다. 무회전으로 넘어오는 공이 처음에는 무척 까다로웠다.

스매싱하다가 네트에 자주 걸렸고, 드라이브하다가 각 조절을 잘못해서 네트에 걸리거나 테이블 넘어 날려 보낸 경우가 많았다. 5부 때는 핸디를 3점 받고도 계속 졌다. 4부가 되어서야 핸디를 2점 받고 조금씩 대등해져 갔다. 숏핌플을 공략하기 위한 레슨을 별도로 받지는 않았지만, 롱핌플 레슨을 많이 받다 보니 스스로 깨우쳐갔다. 숏핌플 역시 공략을 잘하려면 자주 쳐봐야 한다.

공이 실제로 어느 정도로 회전되는지 직접 느껴보는 수밖에 없다. 숏핌플 공격형을 극복하려면 선제공격을 하고 끊임없이 공격해야 한다. 조금이라도 공을 평범하게 넘겨주면 즉시 공격당하기 때문이다. 이 때문에 드라이브로 끊임없이 공격하다가 높이 뜨는 공이 생기면 스매싱으로 강타해서 득점하는 패턴이 가장 이상적이었다. 그런 패턴이 어느 정도 완성되자 4부 때에도 핸디 없이 이기는 횟수가 많아졌다.

50대 중반의 여성은 다른 스타일이다. 셰이크핸드에 전면에 숏핌플 러버를, 후면에 평면 러버를 사용한다. 실력은 2부였으며, 전면 숏핌플로 스매싱하기보다 포핸드 롱 형식으로 밀어주는 타법 또는 블록으로 대주는 타법을 사용했다. 백핸드로는 스매싱과 블록을 주로 사용한다. 숏핌플 쪽으로 밀어주는 공은 매우 까다로웠다.

천적은 나의 약점을 깨닫게 해 주는 고마운 존재다

스매싱과는 속도가 다르고 공이 날아오는 성질이 무회전이기 때문에 네트에 걸리는 경우가 많았다. 또한, 공간 쪽으로 갈라주는 코스 공략에 매우 뛰어났다. 포사이드 깊숙이 찔렀다가 공이 돌아오면 다시 백사이드 깊숙이 찌르며 공격을 한다.

그리고 테이블 앞에 바짝 붙어있는 초전진 전형이다. 중진이나 후진으로 가는 경우가 없다. 빠른 타이밍으로 코스를 가르며 공격한다. 서비스할 때 전면 후면을 돌려가며 구사하기 때문에 집중해서 보지 않으면 쉽게 실점을 하게 된다. 2부의 실력이어서 그런지 한동안 계속 패했다. 3부가 되어서 루프 드라이브와 스피드 드라이브, 풋워크가 어느 정도 갖춰졌을 때 공략이 가능해졌다.

역시 이질 유저는 자주 쳐보는 수밖에 없다. 숏핌플과 롱핌플의 경우에는 타법이 다를 뿐만 아니라 스폰지의 두께나 길이나 경도가 달라서 경험이 부족하면 쉽게 당한다. 다양한 사람들과 쳐 보면서 나만의 공략 전략을 정리해 놓아야 한다.

그리고 시합장에서 처음 만나는 경우에는 경기하며 영점 조절을 해나가야 한다. 회전이 어느 정도인지, 어떤 타법인지, 서비스는 어떤 방식으로 하는지 분석하며 특성을 파악해야 한다. 집중하지 않으면 파악되기 전에 패배하기 마련이다.

그동안 많은 천적을 만났다. 그들을 한 명씩 극복하면서 나의 실력은 점점 좋아졌다. 천적이 없어지는 것이 바로 실력이 좋아지는 것이기 때문이다. 어느 한 사람에게 지속해서 패배한다면 나에게 약점이 있다는 뜻이다. 그 약점을 강점으로 바꿔놓지 않으면 시간이 흘러도 계속 패배하게 된다.

동일 부수에서 천적이 존재하지 않아야 한 부수 승급될 수 있다는 것이 나의 지론이다. 유난히 약한 점이 있다면 목표를 정해놓고 반드시 극복해야 하겠다는 의지를 가지고 있어야 한다.

그렇게 몇 개월을 집중하면 극복할 방법을 찾아내게 된다. 레슨을 받으면서 약점을 보완하고, 천적을 피하지 않고 반복적으로 경기하면서 효과적인 방법을 찾아내기 위해 끊임없이 노력해야 한다. 그렇게 노력하다 보면 방법을 찾게 된다.

천적을 대할 때 가장 조심해야 할 것이 있다. 패배에 익숙해지면 안 된다는 것이다. 나는 의도적으로 천적을 천적이라고 입 밖으로 내뱉지 않는다. 내가 말하는 순간 진짜 천적이 될 수 있기 때문이다. 반복적으로 패배해도 그를 천적이라 정의하지 않고, 곧 극복될 사람이라고 정의한다. 생각 속에서 패배하면 안 된다.

천적은 나의 약점을 깨닫게 해 주는 고마운 존재다

실제로는 10전 10패를 하더라도 '다음엔 다른 방식으로 공략해보자'라고 마음먹고 다시 도전하는 것이다. 그리고 나와 비슷한 전형의 고수가 천적을 어떻게 공략하는지 관찰하고, 내가 갖춰야 할 실력을 키우기 위해서 집중하면 어느새 천적이 사라지는 것을 경험하게 된다.

지금도 여전히 자주 패하는 사람이 있다. 가장 경계해야 할 마음은 '좌절감'이다. 그와 경기를 할 때는 마음을 단단히 먹는다. 집중하며 공략 방법을 찾아내기 위해 안간힘을 다 쓴다. 그렇게 수개월 집중하면 천적은 사라지고 실력은 남는다.

12개월 만에 5부에서 3부로

탁우회에서 2012년 8월 21일에 4부로 승급하고, 11월 6일에 3부로 승급하게 되었다.

승점기준

		개인별 토너먼트			부수별 최강전	
	우승	준우승	공동3위	하위우승	우승	준우승
1부	본인 부수별로 승점 적용	0.5점	0점	0점	1점	0.5점
1.5부, 2부		1점	0.5점	0점	2점	1점
2.5부, 3부		2점	1점	1점	2점	1점
3.5부, 4부		2.5점	1.5점	1.5점		
4.5부, 5부		3점	2점	2점	3점	2점
5.5부, 6부		3.5점	2.5점	2.5점		
7부, 8부		5점	4점	3점	4점	3점

*예시 : 우승시 승점 적용 예시 : 4부 우승시4점, 5.5부 우승시5.5점

〈2012년 탁우회 승점 기준〉

8월 21일. 우승 4.5점 획득. 계 19점. 4부로 승급.

9월 11일. 우승 4점 획득. 계 23점.

9월 18일. 부수별 우승 2점 획득. 계 25점.

9월 25일. 우승 4점 획득. 계 29점. 3.5부로 승급.

10월 16일. 공동 3위 1.5점 획득. 계 30.5점

10월 23일. 우승 3.5점 획득. 계 34점.

11월 6일. 우승 3.5점 획득. 계 37.5점. 3부로 승급.

11월 20일. 준우승 2점 획득. 계 39.5점.

11월 27일. 우승 3점 획득. 계 42.5점.

총점 42.5점으로 탁우회 랭킹 1위로 마무리를 했다. 3부가 되고 나서 얻은 5점은 2013년이 되면서 소멸되고, 2013년 1월부터 다시 3부로 0점부터 시작하게 되었다.

(탁우회 정회원이 되면 2012년 전체 랭킹을 확인할 수 있다.)

탁우회와 마들 탁구장, 열탁 부수를 정리하면 다음과 같다.

		마들 탁구장	열탁	탁우회
2011년	11월	레슨 시작 5부		
	12월			
2012년	1월			
	2월		5부로 출전	
	3월			
	4월			5부로 출전
	5월	4부로 승급	4부로 승급	
	6월			4.5부로 승급
	7월			
	8월			4부로 승급
	9월			
	10월			
	11월			3부로 승급
	12월	3부로 승급	3부로 승급	

세 곳의 승급체계는 다르다. 탁우회에서는 승점을 쌓아서 승급하고, 열탁에서는 정해진 기간의 총 성적의 평균으로 3위 안에 들면 승급을 하고, 마들 탁구장에서는 매월 열리는 시합에서 우승하거나 그의 준하는 실력을 갖췄다고 판단되면 승급을 한다. 표에서 보는 것 같이 세 곳의 기준은 다르지만 비슷하게 승급되는 것을 볼 수 있다.

탁우회에서 3부가 되었을 때 즉, 탁구장에 등록하고 레슨을 받은 지 12개월이 되었을 때 첫 목표의 대상이었던 정 관장님과 핸디 없이 경기해서 이기기 시작했다. 5부로 시작해서 2년 만에 3부가 되는 것을 목표로 삼고 시작했지만, 결국 1년 만에 달성하게 되었다.

탁우회에서 4월부터 12월까지 9회 우승을 했으며, 2회 준우승, 2회 공동 3위에 입상했다. 우승을 많이 할 수 있었던 이유는 앞서 글로 나누었던 여러 노하우 때문이다. 레슨을 기록하고, 목표를 정하고, 적절한 수준의 동호회 활동을 하고, 시합을 분석하고, 천적을 이겨내는 등, 여러 요소가 모여서 좋은 성적을 낼 수 있었다. 대부분 운동신경과 무관한 마인드에 관한 내용이다. 마인드 중에서 아직 다루지 않은 가장 중요한 요소에 대해 생각해 보고 싶다.

집중력의 힘

우승하는 데 가장 큰 공을 세운 요소가 있다면 그것은 바로 집중력이다. IQ나 운동신경은 2배~3배 이상 차이가 나기 힘들다. 예를 들어 지능지수가 좀 떨어지는 IQ 80 정도의 사람이 있다고 가정해보자. 평균 이하의 지능지수를 가지고 있는 사람이다. 반면 IQ 160의 사람이 있다고 가정해보자. IQ 160인 사람은 천재에 속하는 사람이다. IQ 160인 사람은 상위 2% 안에 드는 멘사 회원이 될 정도이다. 극단적으로 해석하자면, IQ 160은 IQ 80의 두 배에 해당한다.

이번에는 100m 달리기를 예를 들어보자. 2013년을 기준으로 100m 세계기록을 가지고 있는 사람은 우사인 볼트 선수다. 그의 최고 기록은 2009년 세계육상선수권대회에서 달성한 9초58이다. 25세의 성인 남자 중에 20초를 넘기는 사람은 많지 않다. 따라서 세계 최고 기록을 가진 사람인 우사인 볼트와 성인 남자의 평균

이하의 사람과 비교해본다면, 2배를 넘지 않는다. 극단적인 예를 들었지만, 사람이 가진 선천적인 능력의 차이는 2배, 3배, 4배 이상 차이 나기 힘들다는 것을 말하고 싶다.

그에 비해 집중력은 연습하고 훈련하기에 따라 2배, 3배, 5배, 심지어 10배도 차이가 날 수 있다. 집중력을 몇 배 차이로 수치를 표현해서 검증하기는 어렵다. 과학적인 검증이 된 예는 아니지만, 독서 시간으로 집중력을 수치화해서 생각해보자. 독서를 하는 사람 중에 다른 것은 신경 쓰지 않고 독서에만 10분 정도 집중하는 사람이 있다고 가정해보자. 다른 생각을 하거나 눈을 다른 곳에 두지 않고 오로지 독서에만 10분을 집중한다고 가정해보자. 조금만 노력하면 10분 정도는 집중할 수 있을 것이다. 그러면 이번에는 100분 정도를 독서에만 집중을 해보자. 책의 내용에만 집중하며 다른 생각을 하지 않으며 눈을 다른 곳으로 돌리지 않으며 100분 동안 집중하는 것은 아무나 할 수 있는 일이 아니다.

내가 아는 지인 중에 한 사람은 한 번 책을 읽기 시작하면 5시간을 집중하는 사람을 알고 있다. 화장실도 가지 않고, 스트레칭을 하지도 않고, 밥도 먹지 않고, 전화도 받지 않고, 다른 생각을 하지 않으며 오로지 독서에만 집중하는 것이다. 주위 사람이 걱정할 정도로 집중력이 좋은 사람이다.

과학적으로 검증된 내용은 아니지만, 앞에서 말한 세 명의 집중력을 비교해보자. 10분 집중하는 사람에 비해 100분 집중하는 사람은 10배의 집중력을, 300분 집중하는 사람은 30배의 집중력을 가지고 있다고 말할 수 있다. 천재는 오랜 시간을 집중하는 사람이다. 서울대학교 황농문 교수가 쓴 '몰입'에 보면 이런 내용이 소개되어 있다.

'뉴턴은 "어떻게 만유인력의 법칙을 발견했느냐?"는 질문에 "내내 그 생각만 하고 있었으니까."라고 간단하게 대답했다고 한다. 뉴턴은 한 가지 문제를 붙잡으면 밥 먹는 것도, 잠자는 것도 잊어버렸다. 뉴턴의 몰입적 사고는 한 문제가 풀릴 때까지 몇 개월, 심지어 몇 년 동안이나 지속하였다.

미국 유명 대학의 교수 자리도 마다하고 평생 문제를 찾아다닌 수학자가 있다. 헝가리 출신의 전설적인 수학자, 폴 에어디시(Paul Erdős)다. 그는 보통의 수학자가 평생에 한 편 쓸까 말까 한 수준 높은 논문을 1,475편을 발표했다. 날마다 19시간씩 수학을 생각하고 저술하였으며 1,475편이라는 방대한 분량의 논문을 남겨 후학들을 자극했다.'

학생들이 학교에서 보통 50분 공부하고 10분 쉬니까, 약 1시간 정도를 집중한다고 가정하고, 그에 비해 하루에 19시간씩 수학을 생각하고 저술한 폴 에어디시의 집중력은 몇 배인가? 몇 개월, 몇 년 동안 한 가지 문제에 집중한 뉴턴의 집중력은 몇 배인가? 수치화하기는 어렵지만 이처럼 집중력의 차이는 어마어마하다.

공부하는 학생, 회사를 경영하는 CEO, 운동하는 스포츠인, 예술가, 문학인 등 모든 분야에 있어서 집중력은 매우 중요한 능력이다.

리더십 전문가인 존 맥스웰은 그의 저서 '최고의 나'에서 집중력에 대해 이렇게 인용했다.

명예의 전당에 입성한 야구선수 행크 애런은 말한다. "슈퍼스타가 평범한 선수와 다른 것은 슈퍼스타의 긴 집중력 때문이다."

재능과 운동신경, 지능이 비슷하다는 전제하에 평범한 선수와 슈퍼스타와의 차이는 집중력이라는 뜻이다. 생활체육에서 프로선수나 슈퍼스타만큼의 집중력이 필요하지는 않지만, 집중력을 갖출수록 좋은 성적을 낼 수 있는 것은 사실이다.

집중한다는 것은 다른 것에 관심을 끊는 것이다

집중력을 약하게 하는 요소는 매우 많다. 시합할 때 집중력을 흩트리는 대표적인 두 가지를 생각해 보자.

1. 관객

평소에는 잘하는데 사람들 앞에만 서면 제 실력을 발휘하지 못하는 경우가 많다. 음악에서는 무대공포증이라는 것이 있다. 연습실에서는 잘하는데 무대에만 서면 평소 실력이 나오지 않는 경우다. 무대공포증 때문에 자신의 노래에 집중하지 못해서 노래를 망치는 사람이 많다. 사람은 누구나 관객 앞에 서면 긴장을 한다. 긴장하는 것은 정상적인 것이다.

그러나 과도하게 긴장을 해서 노래에 집중하지 못할 정도가 되면 무대공포증에 빠진 것이다. 왜 무대공포증에 빠질까? 첫째, 과하게 관객을 의식하기 때문이다. 무대에 서면 관객을 의식하기 마련이지만, 과하게 의식한 나머지 자신의 노래에 집중하지 못하는 것이다.

사람은 동시에 여러 가지를 집중하기 어렵다. 보통 한 번에 한 가지를 집중할 수 있다. 이 때문에 관객을 어느 정도 의식하되, 노래를 시작하는 순간 노래에 집중해야 제 실력을 발휘할 수 있다.

둘째, 실패에 대한 두려움 때문에 무대공포증에 빠진다.

나는 대학 2학년 때 실기시험을 보던 중 가사를 깜빡한 경험이 있다. 연습 때는 한 번도 잊어보지 않았던 부분에서 갑자기 가사가 생각나지 않은 것이었다. 그래서 한 소절을 놓치고 다음 소절에 다시 노래를 부르게 되었다.

그 이후로 가사를 잊지 않을까 하는 두려움이 생겼다. 충분한 연습과 훈련을 거친 후에 가사를 잊는 두려움에서부터 벗어날 수 있었다. 실패해본 사람은 관객이 비웃지 않을까 하는 두려움을 가지고 있다. 이런 두려움에 사로잡히면 제 실력을 발휘하지 못하게 되는 것이다.

결론은 집중이다. 관객보다 자신의 노래에, 관객보다 내 눈앞에 놓인 공에 시선을 집중하는 연습과 훈련이 필요하다. 공에 집중하는 연습을 해야 한다. 책에 집중하는 시간이 처음에는 짧을 수밖에 없다. 적극적인 노력이 쌓일 때 집중하는 시간은 점점 늘어난다. 마찬가지로 공에 집중하는 시간을 늘리기 위해서는 공에 집중하는 시간을 늘리겠다는 목표를 가지고 연습해야 한다.

처음에는 한 세트 동안 공에만 집중해 보자. 상대가 공을 칠 때 공을 보고, 날아오는 공에서 시선을 떼지 않는 연습을 하는 것이다. 처음에는 공만 바라보기가 쉽지 않을 것이다. 왜냐하면, 집중을 방해하는 것들이 계속 나타나기 때문이다.

2. 말

탁구를 하면서 말하는 사람이 아주 많다. 팔과 발이 아닌 말로 탁구를 하는 사람을 쉽게 발견할 것이다. 어떤 사람은 경기 중에 레슨도 한다. 제일 거슬리는 말은 나에게 걸어오는 말이다. 경기 중에 이것저것 물어온다. 상대가 고수거나 나이가 많은 경우에는 대답을 거절하기는 더욱 어려워진다. 하지만 경기 중에 진지한 태도로 공에 집중하는 모습을 계속 보여주면 점점 말을 걸어오는 것이 줄어든다.

마들 탁구장에서 탁구를 하던 중 좋은 모델을 발견하게 되었다. 당시 2부였던 목사님(2013년에 1부가 되심)이 한 분 계시는데, 이 분은 경기 중에 집중력이 대단하신 분이다. 특히 경기 중에는 말씀이 적은 편이다.

물론 아쉬운 상황에서 표현을 조금 하시지만, 대체로 말이 없으시다. 원하는 대로 잘 되더라도, 그렇지 않더라도 말씀을 잘하지 않으신다. 경기가 끝나고는 달라지신다. 특히 조언을 구하면 매우 친절하게 말씀을 해 주신다. 나는 이분에게 많이 배웠다. 지금도 경기 중에 말을 하지 않으려고 노력하고 있다. 말을 하지 않고 공에 집중했을 때 집중력이 훨씬 좋아지는 것을 많이 체험했다.

결국, 다른 것에 대한 관심을 끊을수록 공에 대한 집중력은 좋아진다. 시합할 때는 상대의 라켓에 맞는 공에만 시선을 집중하는 것이다. 고수는 공통으로 공에 대한 집중력이 좋다. 한 번 주위의 고수를 잘 관찰해보라. 또한, 동시에 하수도 함께 관찰해보라. 공에 시선을 어느 정도 두는지를 관찰해보면 확연히 구별할 수 있을 것이다.

프로 선수의 시선은 더욱 공에 집중되어 있다. 공에 집중하는 것을 계속 연습해 보자. 처음에는 한 세트를 온전히 집중해보자. 다음에는 두 세트를 집중해보자. 이런 식으로 경기가 시작될 때 집중하기 시작하고, 경기가 끝날 때까지 집중하는 연습을 하면 집중력이 점점 좋아질 것이다.

Behind Story 18 **역전 또 역전**

이번 장의 서두에 '우승하는 데 가장 큰 공을 세운 요소는 바로 집중력이다.'라고 시작했다. 2012년에 9번 우승했는데 그중에 5번 이상은 역전을 해서 우승했다. 또한, 토너먼트를 진행하면서 패배할 상황에서 역전으로 이기고 올라간 적이 무수히 많다. 예선 리그에서는 한 번 또는 두 번 져도 상위부에 올라갈 가능성이 있다.

하지만 본선 토너먼트에서는 한 번 지면 그걸로 그날 경기는 끝이다. 20강, 16강, 8강, 4강, 결승까지 한 게임 한 게임이 중요하다. 그래서 나도 긴장하고 상대도 긴장한다. 지고 있더라도 조금만 더 집중하면 역전할 수 있는 기회가 많이 생긴다. 상대가 긴장하고 실수할 때 마음이 흔들리고 집중력과 체력이 떨어지는 타이밍이 있다.

그때 집중하면 역전의 기회를 얻게 되는 것이다. 프로 선수의 경기 중에도 역전하는 경우는 매우 많다. 거의 끝나는 경기를 끝까지 포기하지 않고 집중해서 이기는 경우가 허다하다. 그중에 내가 즐겨 보는 경기를 소개하고 싶다.

2010년 10월 독일에서 열린 월드컵 대회 준결승에서 미주타니 준(MIZUTANI Jun) 선수와 장지커(ZHANG Jike) 선수가 경기하게 되었다. 초반부터 치열했다. 1세트에서 장지커가 초반에 앞서나가며 우세를 보이다가 10대 9로 앞서 가던 중 역전당해 12대 14로 1세트를 마무리하게 되었다. 그러다가 장지커는 내리 3세트를 내어준다.

세트 스코어는 0대 3이 되었다. 4세트에서 장지커는 8대 9로 곧 경기가 끝나는 상황에까지 몰리게 된다. 하지만 마지막에 집중력을 발휘해서 11대 9로 역전에 성공하게 된다. 이제 세트 스코어는 1대 3이 되었다. 그 후 5세트는 장지커가 이겨 세트 스코어가 2대 3이 되었다. 가장 재미있는 세트는 6세트이다. 2대 3으로 몰리고 있던 장지커는 10대 11로 지는 상황이었다. 매치 포인트까지 갔다. 그러다 다시 듀스를 만들고 11대 12로 또 매치 포인트까지 갔다. 다시 게임이 끝날 상황이었다.

장지커는 마지막까지 집중력을 잃지 않고 다시 듀스를 만들어 12대 12가 되었다. 결국 역전에 성공해 14대 12로 6세트를 따내게 되었다. 세트 스코어는 3대 3, 원점을 만들게 되었다. 7세트는 장지커의 압도적인 우위로 11대 4로 승리하게 된다. (탁구 노트 카페에서 영상을 감상할 수 있다. http://cafe.daum.net/ttnote)

보통 선수라면 패할 수밖에 없는 상황을 끝까지 포기하지 않고 여러 번 역전에 성공해서 결국 전체 게임에 승리하게 되었다.

반대의 예도 있다. 2013년 4월 코리아 오픈 16강에서 장지커 (ZHANG Jike) 선수와 얀안(YAN An) 선수가 격돌했다. 세트 스코어 3대 3 상황에서 7세트는 장지커의 압도적인 우세였다. 10대 4로 매치포인트 상황이었다. 이제 한 점만 더 얻으면 게임은 끝난다. 얀안은 한 점씩 따라가기 시작했다. 집중력을 끝까지 유지하며 10

대 10 듀스까지 만들었다. 장지커는 네트에 맞는 공까지 생기는 불운을 경험하며 11대 13으로 패하게 되었다. 반면 얀안은 4대 10 매치포인트에서도 포기하지 않고 따라가서 혈전 끝에 역전을 이뤄냈다. 얀안은 강한 집중력으로 승리했고, 장지커는 집중력 저하로 패했다.

프로의 경기에서 이렇게 역전하는 경우를 자주 볼 수 있다. 생활체육에서도 마찬가지로 역전하는 경우를 자주 보게 된다. 나의 경험을 말하자면, 마지막 세트에서 지고 있다가 역전한 경우가 매우 많다. 이미 밝혔듯이 결승전에서도 역전해서 우승한 경험이 9회 중 5번이었다.

그리고 가장 큰 점수 차로 역전한 것은 마지막 세트에서 3대 10으로 지고 있다가 12대 10으로 역전한 경험이다. 4대 10, 5대 10, 6대 10에서 역전해 승리한 경험도 매우 많다. 역전해서 승리한 경험도 있지만 반대로 역전당해서 패배한 경험도 많다. 특히 고수와의 경기에서 핸디를 받고 시합을 하다가 10대 4, 10대 5에서 역전당한 경험이 많다. 매치 포인트에서는 집중력이 약해지는 경우가 많다. 경기가 이미 끝난 것 같은 기분으로 있다가 상대의 집중력에 당황해 역전당하는 것이다.

마지막 1점을 채울 때까지는 경기가 끝난 것이 아니다. 끝나야 끝나는 것이다. 역전으로 패하는 경험을 여러 차례 경험한 이후로 한 가지 다짐한 것이 있다. 아무리 실력이 밀리더라도 '마지막 한 점까지 포기하지 말자'라는 것이다. 끝까지 포기하지 않으면 뜻밖에 기회는 자주 찾아오게 된다.

Behind Story 19 평정심 잃지 않는 멘탈

요즘 탁구에서 자주 쓰는 단어가 있다. 멘탈이다. 멘탈(mantal)은 '1) 정신의, 2) 마음의, 3) 지적인, 4) 관념적인' 등의 뜻이 있다. 정신이 무너져 평소의 실력을 발휘하지 못할 때 '멘탈이 무너졌다'는 말을 자주 한다. 멘탈이 무너졌다는 것은 결국 집중력이 흐트러졌다는 뜻이다. 여러 요인으로 인해 자기 플레이를 하지 못하고 쉽게 무너지는 상황을 뜻한다.

경기를 하다 보면 심심찮게 멘탈이 무너지는 것을 볼 때가 있다. 평정심을 유지하지 못하고 감정에 휘둘러서 자멸하는 모습을 보게 된다. 언제 평정심을 잃게 되는가? 나의 경험과 간접 경험을 토대로 정리해봤다.

1. 네트와 에지(Edge)로 실점할 때

중요한 상황에서 상대의 공이 네트에 걸려서 넘어오거나 나의 테이블 쪽에서 에지를 내는 경우다. 이런 경우가 한 세트에서 3~4회 반복되면 짜증이 나기 마련이다. 상대가 미안하다는 표시를 하면 그나마 짜증을 가라앉게 되지만, 매너 없이 득점을 기뻐하는 모습을 보게 되면 뚜껑이 열리게 될 수 있다. 초기에는 이런 상황 때문에 평정심을 잃어 더욱 실점하게 되고 완전히 무너진 경험이 여러 번 있었다.

그런데 네트나 에지볼은 어쩔 수 없는 상황이다. 상대가 의도적으로 네트나 에지를 하는 것은 아니다. 그것을 의도적으로 할 수 있다면 대단한 실력자일 것이다. 하지만 그렇게 네트와 에지를 내는 것이 더 어려운 일이다.

네트나 에지는 내가 선택할 수 없지만, 그 상황에 어떻게 반응하느냐는 나에게 달려있다. 짜증을 내는 순간 나에게 악순환이 일어나게 된다. 정상적으로 오는 공을 처리할 수 없는 상황이 연출되기 때문이다.

네트와 에지를 극복할 수 있는 가장 좋은 방법은 '나이스!' 혹은 '오케이!'라고 말하고 평정심을 유지하는 것이다. 그리고 속으로 다짐한다. '네트와 에지를 이겨내야 해!' 이런 마음으로 게임에 임

하면 네트와 에지 상황을 평정심을 잃지 않고 지날 수 있다. 그리고 집중하다 보면 나에게 기회가 오는 것이다.

2. 매너 없는 듯한 플레이

2010년 8월에 열린 China Harmony Open 결승전에서 장지커(ZHANG Jike) 선수와 마린(MA Lin) 선수가 만나게 되었다. 치열한 접전 끝에 세트 스코어 3대 3이 되었다. 7세트에서 장지커가 마린을 6대 3으로 앞서고 있었다. 이때 장지커가 넘긴 공이 높게 떴을 때 마린은 중펜을 셰이크처럼 잡고 위에서 아래로 내리찍어 버렸다. '내가 장지커였다면 어떤 마음이 들었을까?' 생각해보면 기분 나빴을 것이다. 정자세로 스매싱한 것이 아닌 막탁구 자세로 내리찍었으니 말이다. 실제로 장지커는 그 이후 6대 6까지 허용을 하게 된다. 다시 마음을 잡고 결국 11대 8로 승리했지만, 영향을 계속 받았다면 패할 수 있는 상황이었다. (탁구 노트 카페에서 영상을 감상할 수 있다. http://cafe.daum.net/ttnote)

경기하다 보면 기분 나쁘게 탁구를 하는 사람들이 있다. 내가 경험한 것을 하나 나눈다면, 복식으로 시합하고 있을 때, 나의 파트너가 공을 높게 넘겨주었다. 그때 상대편은 강한 스매싱으로 우리 쪽 테이블을 강타했다.

그 공이 나의 몸에 강하게 맞게 되었고 실점을 하게 되었다. 그런데 상대방이 미안하다는 표시도 전혀 하지 않고, 그들이 득점했다며 얼싸안고 하이파이브하며 즐거워하고 있지 않은가. 상대에 대해 전혀 배려하지 않고 자신의 득점만을 기뻐하고 있는 그에게 화가 났다.

경기가 끝난 후 화를 가라앉히고 그 부분에 대해 나의 심정을 털어놓았다. 그리고 사과를 받았다. 다음부터 그는 시합할 때 몸에 강타하는 공을 쳤을 때 항상 미안함을 표시했다. 이 경우는 좋게 끝난 경우다. 내가 얘기해서 알아들을 것으로 생각했기 때문에 말한 것이다.

그런데 어떤 사람은 말이 통하지 않을 것 같은 느낌이 드는 경우가 있다. 그런 사람에게는 말을 하면 싸움만 되고 시정되지 않는다. 이런 사람과 경기할 때 몸에 맞는 볼이 생기거나 매너 없는 행동을 할 때 어떻게 해야 할 것인가? 그 상황에 휘말리면 나의 평정심만 잃을 뿐이다.

이때는 빨리 마음을 추스르고 단지 1점을 실점했을 뿐이라고 생각하려 노력하는 것이다. 높게 뜨는 볼을 강타당해도 1점만 잃었을 뿐이다. 1점에 너무 연연해 하지 않으려고 노력하고 평정심을 유지하려고 노력하는 것이 중요하다. 단지 1점이라고 생각하고 다시 공에 집중하기 시작하는 것이다.

중요한 것은 감정에 휩쓸리지 않는 것이다. 그리고 공에 집중하며 나의 스타일로 플레이하는 것이다. 그러면 곧 나의 페이스를 찾으며 집중력을 유지할 수 있게 된다.

처음에는 이런 상황을 만나면 당황하다가 기분이 상하고 페이스를 잃고 멘붕이 오고 만다. 멘탈이 무너지는 것이다. 그런데 메모를 통해 패한 이유를 기록하고 다시 준비하면 조금씩 나아진다. 결국, 경험이 많이 쌓이면서 나의 페이스를 유지하는 법을 깨우쳐가는 것 같다. 그래서 구력이 중요하다. 나는 아직 구력이 짧아서 배울 점이 매우 많다.

패배를 인정해야 성장한다

탁구장에서 전국 1부와 선수 출신이 게임을 하는 것을 지켜본 적이 있다. 감탄을 연발하며 감상했다. 급이 다른 경기를 보면서 많이 배웠다. 두 선수 모두 잘했지만 결국 아깝게 전국 1부 선수가 졌다. 음료수를 마시며 내 옆자리에서 사람들에게 이렇게 말했다. "내가 감기만 안 걸렸어도 이길 수 있었는데……."

컨디션이 나빠서 졌다는 말을 한 것이다. 그 말을 듣고 나니 뒤끝이 찜찜했다. 충분히 멋진 경기를 했고 많이 배웠지만, 변명하는 모습에 실망스러웠다. 정 컨디션이 나빴다면 게임을 하지 않든지, 양해를 구해서 핸디를 더 받고 경기를 하든지 해야 했는데, 경기가 끝나고 나서 궁색한 변명을 하는 것이 보기에 좋지 않았다.

최근에 『순간을 위해 평생을 준비한다』라는 책을 읽었다. 내용 중에 패배에 대해 어떻게 처신해야 할지 좋은 내용을 보게 되었다. 그 내용을 소개하고 싶다.

오래전 프로 미식축구 명문 시카고 베어스와 달라스 카우보이스가 격돌한 게임에서의 일이다. 전광판 시계가 마지막 2분을 가리킬 때만 해도 베어스는 달라스에 앞서고 있었다. 그러나 이제 막 공격을 시작하는 달라스는 쉽게 포기할 팀이 아니었다. 프로 최강을 자랑하는 베어스 수비진도 마지막이라 생각하고 눈을 부릅뜨고 달라스의 공격을 저지할 자세였다.

특히 베어스의 전설적인 수비수 더그 플랭크는 더욱 그랬다. 심판의 휘슬이 울리고 달라스의 공격이 시작되었을 때 달라스의 공격 선수 하나가 그야말로 전혀 뜻밖의 돌파를 시도했고 쿼터백은 그에게 완벽에 가까운 패스에 성공했다. 더그 플랭크가 필사적으로 패스를 막아보려 했지만 이미 때는 늦어 있었다. 경기는 달라스의 대역전승으로 끝났다.

그런데 이 이야기의 하이라이트는 지금부터다. 경기가 끝나고 며칠 후에 열린 한 만찬에 더그 플랭크가 참석했는데 기자가 민망하게도 그때의 상황에 대해 질문하며 어떻게 된 것이냐고 물었다. 그러자 그는 눈 하나 깜빡하지 않고 대답했다.

"사실 나는 그때 달라스 팀 선수들이 어떤 방식으로 들어올 것인지를 완전히 숙지하고 기다렸습니다. 그런데 갑자기 내가 막던 달라스 선수가 몸을 틀어서 뜻밖의 방향으로 움직이기 시작했죠. 나는 그 친구가 머리가 돌아서 라인 밖으로 나가려고 한다고 생각했습니다.

그런데 그는 다시 방향을 바꾸었고, 순간 완벽한 코스로 공이 패스 되어 왔어요. 나는 그때 달라스가 나의 허를 찌른 새로운 기술을 개발했음을 깨달았습니다. 어떤 사람들은 내가 실수했거나 능력이 모자라서 그 공격을 막지 못했다고 생각하겠지만, 실수도 아니고 능력이 모자란 것도 아닙니다. 나는 최선을 다했습니다. 다만 그 새로운 기술에 무지했을 뿐입니다. 하지만 다음번에 누구든 그와 똑같은 기술로 나온다면 나는 절대 두 번 실수하지는 않을 것입니다."

진짜 강한 사람은 자신의 패배를 깨끗이 인정하는 사람이다. 그리고 최선을 다한 사람은 자기가 왜 패배했는지를 안다. 그것이 운 좋은 승리보다 더 소중한 경험인 것도 안다. 자신의 패배에 대해 구차한 변명을 둘러대는 것은 정말 나쁜 버릇이다. 진정 노력하는 강자는 후회 없는 패배에 깨끗이 승복하고, 상대를 칭찬할 줄 안다. 그리고 그 것을 자신의 도약의 기회로 삼는다. 이런 패배를 통해 우리의 능력은 다듬어진다. 가장 처참한 실패는 실패로부터 아무것도 배우지 못하는 것이다.

시오노 나나미의 〈로마인 이야기〉를 보면 로마인들은 운으로 성공해서 꺼림칙한 마음을 가지는 것을 싫어하고, 지더라도 확실한 패인을 알기 원한다고 한다.

전국 1부든, 선수든, 탁구장 하수든, 누구든지 성장하라면 자신의 패배를 있는 그대로 인정할 줄 알아야 한다. 패인을 정확히 알면 성장할 수 있기 때문이다. 패인을 잘못짚으면 더는 성장은 없다. 변명하는 사람은 있는 그대로를 보지 않고, 상황을 자신에게 유리하게 해석할 뿐이다. 자신의 실력이 부족함을 인정하지 않기 때문에 더는 성장하기 힘든 것이다. 선수조차도 세계적인 선수에 비하면 부족함을 느낄 것이다. 자신의 부족함을 인정하는 겸손함이 있어야 성장할 수 있다.

서울대학교 성악과 교수님 중에 한 분은 65세에 정년퇴직하실 때까지도 매년 레슨받으셨다. 방학이 되면 미국에 가서 성악 코치에게 레슨을 받으시는 것이었다. 성악은 보통 30~40대 정도에

기량의 최고치에 다다른다. 50대에 이르면서 두 갈래 길로 나누어진다. 성장과 퇴보. 점점 성장하는 성악가도 있고, 퇴보하는 성악가도 있다. 서울대 교수의 명예와 실력을 갖추고 있다면 더는 성장하지 않아도 가르치는 데에는 큰 문제가 없다.

그러나 그 교수님은 정년퇴직하실 때에도 발성이 좋았고, 지금은 70세가 넘으셨지만 퇴보하지 않고 성장하는 모습을 무대에서 보여주고 계신다. 그분이 그렇게 레슨을 받을 수 있었던 이유는 바로 겸손 때문이다.

나는 위의 책을 읽은 이후에 컨디션 때문에 패배하면 이렇게 말하는 습관이 생겼다. 상대가 '오늘 컨디션 때문에 실력이 안 나온 거죠?'라고 물으면, '컨디션 관리하는 게 실력이죠. 그게 제 실력이에요!'라고 말한다.

내 주위에는 고수인데 겸손함까지 갖춘 사람이 여러 명 있다. 이런 사람을 보면 더욱 존경하게 되고, 배우고 싶어진다. 그 사람은 지금도 계속 성장하고 있어서 배울 것이 많다. 현재 실력이 있든 없든 겸손하게 자신의 실력을 인정하고 노력하는 사람은 시간이 지나면 반드시 성장한다.

겸손이란 자신을 올바로 평가할 때 비로소 찾아온다

– 찰스 스펄전

겸손의 역량이 곧 위대함에 이르는 역량이다

– 타고르

슬럼프에 빠졌을 때

슬럼프는 '운동, 경기 따위에서, 자기 실력을 제대로 발휘하지 못하고 저조한 상태가 길게 계속되는 일'을 뜻한다. 슬럼프 때는 평소 자신의 실력마저도 발휘하지 못하게 된다.

성악에서도 슬럼프에 빠지는 경우가 종종 있다. 그때 슬럼프를 극복하는 방법이 여러 가지인데 그중에 필자가 권하는 방법을 소개하고 싶다. 다음은 필자의 저서 '성악비법 24'에 소개된 내용이다. 슬럼프에 빠진 사람이 있다면 '노래'를 '탁구'로 바꿔 읽어보라.

1. 문제를 정의하라.

보통 슬럼프에 빠지면 마음이 요동치듯 불안해지고 머리도 혼란스러워진다. 그래서 자신의 문제가 무엇인지 파악되지 않는다. 문제가 무엇인지 모르기 때문에 계속 문제 안에 갇혀 머물게 된다. 슬럼프를 벗어나기 위해서는 자신의 문제가 무엇인지 정확히 알아야 한다. 문제를 알면 해답이 보이기 마련이다. 자신이 왜 슬럼프에 빠졌는지 먼저 알아야 한다.

문제를 파악하기 위한 가장 좋은 방법은 종이에 문제를 적어보는 것이다. 문제를 글로 정리하다 보면 머리가 다시 이성적으로 작동하기 시작한다. 혼란스러운 머리와 마음이 정리되는 것이다.

2. 자신감 회복하기

슬럼프에 빠지면 자신감이 없어진다. 심리적으로 위축되었을 때 노래에 대한 자신감이 사라진다. 부정적인 생각으로 가득 차게 된다. 이때 자신감을 회복하기 위해서 성공했던 경험을 떠올려본다. 콩쿠르에서 입상했던 경험, 대학에 합격한 경험, 성공적인 공연에서 박수갈채를 받았던 경험 등을 생각해보고 적어본다. 그러면 부정적인 생각이 사라지면서 긍정적인 자신의 모습을 생각하게 된다. 자신도 할 수 있다는 생각이 생기게 된다.

그리고 자신감을 근본적으로 키워나가기 위해서는 실력을 쌓아야 한다. 특별한 실력을 갖추면 자신감을 가지게 된다. 실력이 있는 사람에게는 무대에서 노래하는 것이 즐거운 일이다. 그러나 실력이 없는 사람은 노래하는 것 자체가 괴로운 일이다. 그러므로 철저하게 실력을 쌓아가는 것이 중요하다.

3. 꿈으로 돌아가라

슬럼프에 빠질 때 사라지는 것 중의 하나가 열정이다. 열정이 없으면 도전하고 싶은 욕구가 없어진다. 그래서 슬럼프에 계속 머물게 된다. 슬럼프를 극복하기 위해 꿈과 열정을 회복해야 한다. 꿈을 회복하면 열정도 회복된다. 무대에서 멋지게 노래하고 있는 자신의 모습을 상상한다. 수많은 사람이 자신에게 기립박수를 치는 모습을 상상한다. 자신의 꿈을 다시 생각하고 상상하기 시작하면 열정은 타오르게 될 것이다. 그 열정을 가지고 슬럼프로부터 탈출하라.

4. 대가 집중 연구

슬럼프를 극복하는 방법의 하나는 대가를 집중적으로 연구하는 것이다. 대가는 이미 꿈을 이룬 사람이다. 그들을 집중적으로 연구하면 열정과 꿈이 회복된다. 그들이 부러워진다. 보통 슬럼프에 빠지면 노래 자체가 싫어지는 경우가 많다. 노래가 싫어지면 노래할 힘이 생기지 않는다.

슬럼프를 극복하기 위해서는 노래를 부르고 싶어서 안달이 나야 한다. 대가의 음반을 들으면 노래가 좋아진다. 대가가 노래를 부르는 모습을 보면 자신도 그렇게 부르고 싶어진다. 대가들을 다론 책을 보면 그들이 어려움을 극복한 이야기가 있다. 대가로부터 해결책을 얻을 수 있다. 그들은 이미 슬럼프를 극복한 사람들이기 때문이다.

5. 연습과 레슨에 집중하라

성장하지 않으면 퇴보한다. 슬럼프에 빠졌을 때 연습과 레슨을 쉬게 되면 실력은 더 줄어들게 된다. 퇴보하지 않기 위해서는 연습을 해야 하고 성장하기 위해서 레슨을 받아야 한다. 슬럼프 때는 마음의 에너지, 즉 열정이 약하기 때문에 연습하는 것도 보통 때보다 더 힘들다.

그러나 슬럼프를 극복하기 위해서는 힘들어도 꾸준히 연습을 지속해야 한다. 잘 될 때는 누구나 즐겁게 연습하고 레슨을 받는다. 진짜 실력자는 힘들 때 꾸준히 노력하는 사람이다. 연습과 레슨에 해답이 있다.

6. 전문가와 상담하라

전문가는 이미 많은 어려움을 경험하고 극복한 사람이다. 스승이 바로 전문가다. 스승에게 도움을 요청하라. 어떻게 극복해야 할지 알려줄 것이다. 다양한 방법을 제시해줄 것이다. 스승은 객관적으로 학생의 문제점을 볼 수 있는 사람이다. 학생 자신이 찾지 못한 문제점을 스승은 알고 있다. 자신의 고민을 솔직하게 털어놓고, 문제와 해결책에 대해 조언을 구하라. 일말의 해답이 나왔다면 그 해결책을 가지고 열심히 노력하면 된다.

18개월간 탁구를 집중적으로 치면서 나에게도 슬럼프가 찾아왔다. 레슨을 받은 지 8개월 정도 지났을 때, 탁구장과 코치님의 사정이 생겨서 다른 곳으로 옮기게 되었다. 그때 잠깐 다른 코치에게 레슨을 받게 되었다. 20대 중반의 코치님이었는데, 나에게는 잘 맞지 않는 코치님이었다. 그때까지 배웠던 방식과 달리 자세를 완전히 뜯어고치는 식이었다.

몇 번 레슨을 받아보니 나에게 전혀 맞지 않는 방식인 것을 직감했다. 한 달 넘게 레슨을 받았지만 계속 퇴보하는 느낌이었다. 원래 잘 되던 기술도 실수하고 새롭게 배우는 자세도 어색하기만 했다. 승률이 비슷한 사람과 경기하는데 점점 패하는 경우가 많아졌다. 전에 없었던 천적도 생기기 시작했다. 마음의 열정은 점점 사그라졌다. 레슨을 받으면서도 성장할 것이라는 확신이 없었다.

이런 과정을 통해서 깨달을 것이 있었다. 전에 가르쳐주셨던 코치님의 지도가 좋았다는 사실이다. 그래서 고민했다. 결정을 내리게 되었다. 탁구장에는 월 회원으로 등록하고, 레슨은 원래 코치님께 받는 것으로 결정했다. 시간과 비용은 더 들 수밖에 없는 상황이었지만, 슬럼프를 극복하기 위해서 그렇게 결정을 내리게 된 것이었다. 후에 깨달았지만, 나에게 맞지 않았던 코치님은 본인은 탁구를 잘하시지만 가르치는 재능이나 능력이 부족했음을 알게 되었다.

레슨을 원래 코치님께 받게 된 이후로 다시 실력이 회복되기 시작했다. 레슨의 강도는 매우 강했지만, 맞는 방향이라는 확신이 들었기 때문에 최선을 다해 집중할 수 있었다. 실력이 이전처럼 회복되었을 뿐만 아니라 더 높은 수준으로 성장하기 시작했다.

나는 위의 6가지 슬럼프 극복방법을 성악 분야에서 이미 극복해 본 경험이 있었기 때문에 탁구에서는 슬럼프 기간이 길지 않았다. 기록을 통해서 문제의 핵심을 파악할 수 있었다. 당시 문제의 핵심은 레슨이었다. 나에게 맞지 않는 레슨 때문에 퇴보하고 있었다. 나에게 맞는 전문가에게 레슨을 받기 시작하면서 짧은 시간 안에 슬럼프는 극복되었다.

18개월 만에 10kg 다이어트

탁구장에 등록하기 직전에 체지방 검사를 한 적이 있다. 결과는 과체중으로 나왔다. 174cm, 80kg. 성악가 중에는 뚱뚱한 사람이 많다. 동료들보다는 날씬한 편이지만, 결과는 비만이라는 것이다. 정상 범주에 들어가려면 73kg까지 감량해야 한다고 했다. 일반인의 기준에서는 65kg이 평균치이지만, 노래해야 하므로 비만을 벗어날 정도의 73kg을 목표로 했다.

탁구장에서 레슨을 받기 시작하면서 다이어트가 되기 시작했다. 7개월간 매달 1kg씩 빠졌다. 식사를 줄이지 않고, 평소 먹는 대로 세 끼를 충분히 먹었다. 그런데도 운동량이 많아서인지 7개월간 7kg이 빠진 것이다. 가족과 주위 사람들이 놀랄 정도였다. 뱃살이 눈에 띌 정도로 사라져 갔다. 그 후 1년에 걸쳐 1~2kg 정도 더 감량하게 되었다. 그래서 지금은 71~72kg 정도로 체중을 유지하고 있다.

탁구를 하기 전에도 운동하지 않은 것은 아니다. 자전거를 즐겨 타는 편이었다. 일주일에 2~3회 정도 탔고, 한 번 자전거에 오르면 25km에서 50km 정도를 탔다. 노원역 근처인 집에서 신사역 근처인 사무실까지 자전거 도로로 가면 25km 정도의 거리가 된다.

어떤 날은 자전거로 왕복으로 출퇴근하고, 어떤 날은 편도로 자전거를 타고, 편도로 지하철을 탔다. 출퇴근뿐만 아니라 운동을 위해 별로로 시간을 내서 자전거를 타기도 했다. 집에서 동부간선도로 자전거 도로를 타고 의정부를 지나 양주까지 갔다가 돌아오는 코스를 좋아했다.

시간상으로 여유가 있을 때는 동부간선도로 자전거 도로를 타고 성수대교를 지나 월드컵경기장까지 다녀오기도 했다. 성수대교를 지나 천호대교까지 다녀올 때도 있었다. 그렇게 8년 넘게 탔으니까 운동량이 부족한 편은 아니었다. 자전거 덕분에 다리 근육과 복근이 많이 단련되었던 것 같다. 탁구에 도움이 될 줄은 몰랐다.

자전거는 즐기면서 탔던 것 같다. 기분이 좋을 정도에서 약간 힘들 정도를 넘나들며 자전거를 탔다. 반면 탁구를 할 때는 입에서 단내가 날 정도로 친 것 같다. 특히 레슨을 받을 때는 전심전력으로 임했다. 마치 100m 달리기 하듯 20분을 전속력으로 달리는 기분이라고나 할까. 물론 중간에 힘들어서 땀을 닦거나 물을 마시면서 잠시 쉰다. 하지만 내가 할 수 있는 최선으로 레슨을 받았던 것 같다.

20분 동안 레슨을 받고 나면 겨울에도 온몸이 젖을 정도로 땀을 흘릴 정도로 강하게 훈련받았다. 얼굴을 시뻘게지고 레슨이 끝나면 공을 주울 힘이 없을 정도였다. 주저앉고 싶지만 조금 더 참고 공을 줍고 주저앉았다. 풋워크를 끊임없이 하고 양손으로 공격하고, 짧은 볼은 플릭을 하다가 긴 볼은 드라이브하다가 좌우로 뛰어다니는 시스템 훈련을 받았다.

앞뒤 좌우 종횡무진으로 뛰어다니기 때문에 운동량이 많다. 몸은 힘들지만 레슨을 받고 나면 기분이 좋아졌다. 그런 식으로 한 달 두 달 쌓이니까 실력이 좋아지는 것이 확연히 느껴졌다. 성장하는 즐거움은 매우 높은 수준의 즐거움이다. 그 즐거움을 맛보기 시작하면 몸은 힘들어도 악착같이 레슨을 받게 된다.

탁구를 하는 데 다이어트가 되지 않는 사람도 많이 봤다. 왜 그런지 자세히 지켜봤다. 내 주위에는 세 종류의 사람이 있었다. 첫 번째 부류는 즐길 정도로만 탁구를 하는 사람이다. 기분 좋을 정도만 치는 것이다. 절대 과하게 운동하지 않고 땀이 약간 날 정도만 운동한다.

두 번째 부류는 풋워크를 거의 하지 않는 전형을 가지고 있는 사람이다. 탁우회와 마들 탁구장 두 곳 모두 이런 사람들이 있다. 발이 거의 자석처럼 붙어 있다. 둘 다 일팬 유저인데, 주로 쇼트를 하고, 코스로 찔러주는 플레이를 한다. 이들의 이마에서 땀이 흐르는 것은 연중행사일 정도이다. 거의 움직이지 않고 모든 볼을 처리하는 타입이다.

세 번째 부류는 엄청난 운동량으로 탁구를 하는 사람이지만, 탁구를 하고 나서 과식하는 사람이다. 운동한 것 이상으로 음식을 폭풍 흡입한다. 운동으로 소모한 칼로리보다 운동 후에 흡입한 칼로리가 많으면 당연히 다이어트는 되지 않는다. 땀을 많이 흘린 것을 위안 삼아 어마어마하게 먹는데, 오히려 배가 더 나온다.

탁구로 다이어트를 하고 싶은가? 위의 세 가지와 다르게 해 보라. 즐기는 탁구에서 조금 힘든 탁구로, 자석같이 붙어 있는 발에서 앞뒤 좌우로 뛰어다니는 발로, 폭풍흡입보다는 세 끼만 충분히 먹으면서 운동하면 다이어트 된다.

Behind Story 20 보너스로 식스팩까지

최근에 거울을 보다가 깜짝 놀랐다. 배에 식스팩 윤곽이 생겼기 때문이다. 여성의 11자 복근보다는 식스팩 윤곽에 가까운 복근을 가지게 되었다. 복근 운동을 하지 않고도 복근이 강화된다는 사실에 놀랐다. 식스팩은 윗몸일으키기를 해야만 만들어지는 줄 알았는데, 이런 방식으로 꾸준히 강하게 레슨을 받으면 더욱 선명한 식스팩을 가질 수 있을 것 같다.

풋워크를 통한 유산소 운동으로 지방을 태워주고, 풋워크와 드라이브를 통한 근육운동이 결합하여 식스팩이 형성되고 있는 것 같다. 전혀 의도하지 않은 보너스까지 얻은 셈이다.

탁구를 잘하려면 가정을 버려야 된다?

탁우회 화요 경기는 밤 10시 30분에서 11시 사이에 끝난다. 집까지 1시간 정도 걸리므로 정리하고 집에 도착하면 12시가 넘는다. 미안한 일이지만 탁우회에 참석한 지 1년이 넘었지만 한 번도 뒤풀이에 참석하지 못했다.

다음 날 일정에 지장이 생기게 되기 때문이다. 나보다 멀리 사는 사람들도 많은데 어떻게 집에 가는지 물어봤다. 뒤풀이에서 회식한 후 비슷한 방향의 사람이 모여 택시를 타고 귀가한다고 했다. 뒤풀이가 2차나 3차로 이어질 때는 더 늦은 시간에 귀가하게 되는 것이다.

탁우회 멤버가 주로 30~40대로 이루어져 있다 보니 뒤풀이를 하면 재미있다. 다양한 분야의 사람들과 회식을 하며 이런저런 대화를 나누면 얼마나 재미있겠는가. 2차나 3차에서 노래방에도 가고 당구장, 볼링장에도 간혹 간다고 들었다. 재미있을 것이다. 얼마나 재미있을지 눈에 선하다. 시간상으로 여유 있는 사람이라면 그런 뒤풀이에 참석하는 재미가 쏠쏠할 것이다.

하지만 30대 후반의 가장인 나에게 뒤풀이는 사치다. 애초에 탁구를 시작할 때 목적을 분명히 했다. 건강을 위해서 탁구를 시작했고, 제한된 시간 안에 높은 수준까지 성장하는 목표를 가지고 탁구를 시작했다.

탁구에 얼마나 시간을 투자할지 미리 정하지 않았다면 뒤풀이에 자주 참석했을 것이고 탁구에 중독되었을 것이다. 나는 일주일에 3~4일을 치고, 2~3시간 탁구를 하기로 했다. 적게 운동할 때는 일주일에 6시간 정도 치고, 많이 운동할 때는 12시간 정도 쳤다.

마음 같아서는 매일 탁구를 하고 싶다. 레슨도 매일 받고 싶다. 그렇게 시간을 많이 투자하면 더 빨리 성장한다는 사실을 알고 있다.

성악도 마찬가지다. 매일 3시간 이상 노래를 연습하고, 매일 레슨을 받고, 자나 깨나 대가의 영상을 감상하고, 좋은 음악회에 참석하는 등 시간과 열정을 많이 투자할수록 빨리 성장하고 높은 수준으로 성장한다.

실제로 대가 중에는 이런 식으로 레슨받는 경우가 많았다. 역사상 가장 위대한 성악가 엔리코 카루소(Enrico Caruso)는 스승의 집에 머물며 수년간 합숙 훈련을 받았다. 온종일 계획된 일정에 의해 훈련받았다. 발성 연습, 곡 해석, 시창 연습, 연기, 운동 등 성악에 필요한 모든 요소를 습득했다. 이런 방식으로 집중적으로 훈련받으면 분명 급성장할 것이고, 수년 내에 프로가 될 것이다.

탁구도 선수처럼 일정에 맞춰 레슨받고, 시스템 훈련을 하고, 서비스 연습을 하고, 탁구에 필요한 근력을 길러주는 등 체계적인 훈련을 받으면 1부까지 빠른 시간 내에 도달할 것이다. 인터넷 카페에서 이런 글을 본 적이 있다. '1부가 되려면, 가정을 버려라.'는 뼈있는 우스갯소리였다.

내 주위에도 1부가 되려고 생업도 소홀히 하고 가정을 잘 돌보지 않고 탁구를 하는 사람이 있다. 어떻게 이렇게 할 수 있을까? 그것은 탁구에 중독되었기 때문이다. 탁구 선수가 되려는 학생이라면 탁구에 중독되어야 한다.

하지만 가정을 책임지는 가장이라면 탁구에 중독되어서는 안 된다. 탁구는 일개 취미일 뿐이다. 탁구로 제2의 인생을 준비하는 사람도 본 적이 있다. 현재 직장이 있지만, 어느 정도 이상의 실력이 되면 탁구장을 운영하려는 사람이 있다. 이런 사람들조차도 현재하는 일을 소홀히 하지 않고 준비하는 모습을 볼 수 있었다.

나는 전에 설정해 놓았던 우선순위를 탁구를 시작한 이후에도 철저히 지키고 있다. 그래서 뒤풀이에 참석할 수 없었다. 만약 뒤풀이에 참석하면 다음과 같은 중요한 일에 지장이 생기게 된다.

아침에 일어나서 아이들을 어린이집에 보내는 것을 도와준다. 밥을 먹이고, 옷을 입히는 것을 도와준다. 출근 후에는 일에 몰두한다. 나는 성악뿐만 아니라 뮤지컬, 가요 전공 학생들도 가르친다. 레슨이 적지 않은 편인데, 뒤풀이 때문에 충분히 수면하지 못하게 되면 레슨할 때 지장이 생긴다.

출퇴근 시간에는 책을 읽거나 원고를 쓴다. 1년에 100권 정도를 읽으려고 애쓰고 있다. 첫 번째 책을 2008년에 출간한 이후로 두 번째 책을 최근에 탈고했다. 탁구를 본격적으로 시작한 2012년부터 2013년 4월까지 원고를 써서 출판사와 계약을 마치고 편집 중이다.

2013년 5월 한 달 동안 지금 쓰고 있는 이 책에 집중하고 있다. 그리고 6월부터는 노래 교재를 만들 계획을 세우고 있다. 노래 교재가 만들어지면 다음 책을 또 쓸 것이다. 나의 직업에서 퇴보 혹은 정체를 용납할 수 없다. 그 이유가 탁구라면 더더욱 그렇다. 탁구를 하는 동안에도 여전히 전공 분야에 있어서 성장하기 위해 노력하고 있다.

나는 다이어리와 일정표 두 가지를 사용하고 있다. 일정표는 직업상 필요한 일정이며 다이어리는 직업과 가정, 취미를 포함한 모든 영역에서 시간 관리를 하는 용도로 사용하고 있다. 목표를 분명히 정하고 시간 관리를 하니까 할 수 있는 일이 많아졌다.

주말에는 더욱 바쁘다. 토요일에는 직장인들과 지방의 학생들이 발성을 배우기 위해 오기 때문에 토요일 시합에는 참석하기 힘들다. 일요일에는 가족과 함께 교회에 가고, 성가대로 봉사하고 있어서 시합에 나가기 힘든 상황이다. 그래서 선택한 것이 탁우회 화요 경기였다. 일주일에 하루 또는 2주일에 하루는 아이들과 동물원이나 놀이공원에 다닌다.

아무튼, 탁구를 시작하기 전의 우선순위를 놓치지 않고 지금까지 온 결과, 탁구를 하는 것 때문에 아내와 다툰 적이 없다. 탁구를 하러 간다고 하면 언제나 기분 좋게 다녀오라고 했다.

2012년 12월부터는 아내에게 탁구를 가르치고 있다. 지금 6개월째 가르치고 있는데 포핸드 롱과 하프발리를 웬만큼 할 수 있는 수준이 되었다. 약 40분 정도 레슨을 하는데 20분은 볼박스로 하고 20분은 나와 직접 랠리로 연습한다. 이제는 랠리도 꽤 오랫동안 진행한다.

보통 남편이 아내를 가르치면 많이 싸우는 경향이 있다. 우리 탁구장에도 여러 부부가 함께 탁구를 하는데 언성이 높아지는 것을 목격한 경우가 여러 번 있다. 다행히도 나는 가르치는 분야에 있어서 그런지 화내지 않으면서 동기 부여하며, 칭찬하는 방식으로 지금까지 가르쳤다.

아내는 원래 운동을 싫어하는 사람이었다. 학창시절뿐만 아니라 지금까지 운동해본 적이 없다. 그런데 최근에는 탁구를 좋아하게 된 것 같다. 내가 탁구를 하러 가자고 말하지 않아도 준비하고 있는 모습을 발견하게 된다. 이제는 탁구에 재미를 붙이고 체력도 좋아지고 있다.

나는 원래 놀기 좋아하는 사람이다. 내 성격상 매주 뒤풀이에 갔다면 2차나 3차까지 갔을 가능성이 크다. 실제로 대학 1~2학년 때 당구에 미쳐 새벽까지 당구장에서 짜장면을 먹으며 300까지 쳤던 기억이 있다. 대학교 2학년 방학 때는 인터넷 게임에 빠졌던 적이 있다. 2주일 동안 몇 시간 수면도 못 하고 잘 먹지도 않고 게임을 했다. 2주 만에 마지막 미션을 마치고 게임의 세계에서 빠져나왔다.

마찬가지로 탁구를 그런 식으로 중독에 빠져 살았다면 내 인생에 중요한 우선순위를 놓쳤을 것이다. 그러므로 목적을 정확하게 정하고 우선순위대로 산다면 평화로운 가정을 유지하면서도 탁구를 즐겁게 할 수 있을 것이다.

18개월 만에 5부에서 2부로

2011년 11월에 마들 탁구장에 등록해서 5부로 출발했다. 지금까지 나에게 허락한 시간 내에서 전심전력으로 달려왔다. 여러 전략을 사용한 결과 2013년 4월 23일 탁우회에서 우승을 하게 되므로 18개월 만에 2부가 되었다. 탁우회에서 승점을 획득한 현황은 다음과 같다.

• 탁우회 승급 일지

승점기준

	개인별 토너먼트				부수별 최강전	
	우승	준우승	공동3위	하위우승	우승	준우승
1부		0.5점	0점	0점	1점	0.5점
1.5부, 2부		1점	0.5점	0점	2점	1점
2.5부, 3부	본인 부수별로 승점 적용	2점	1점	1점	2점	1점
3.5부, 4부		2.5점	1.5점	1.5점		
4.5부, 5부		3점	2점	2점	3점	2점
5.5부, 6부		3.5점	2.5점	2.5점		
7부, 8부		5점	4점	3점	4점	3점

+예시 : 우승시 승점 적용 예시 : 4부 우승시4점, 5.5부 우승시5.5점

〈2012년 탁우회 승점 기준〉

2012년 4월 24일 첫 참석. 5부로 결정.

5월 1일. 준우승 3점 획득.

5월 22일. 공동 3위 2점 획득. 계 5점.

6월 12일. 우승 5점 획득. 계 10점. 4.5부로 승급.

7월 3일. 우승 4.5점 획득. 계 14.5점.

8월 21일. 우승 4.5점 획득. 계 19점. 4부로 승급.

9월 11일. 우승 4점 획득. 계 23점.

9월 18일. 부수별 우승 2점 획득. 계 25점.

9월 25일. 우승 4점 획득. 계 29점. 3.5부로 승급.

10월 16일. 공동 3위 1.5점 획득. 계 30.5점

10월 23일. 우승 3.5점 획득. 계 34점.

11월 6일. 우승 3.5점 획득. 계 37.5점. 3부로 승급.

11월 20일. 준우승 2점 획득. 계 39.5점.

11월 27일. 우승 3점 획득. 계 42.5점.

총점 42.5점으로 탁우회 랭킹 1위로 마무리를 했다. 3부가 되고 나서 얻은 5점은 2013년이 되면서 소멸되고 2013년 1월부터

다시 3부로 0점부터 시작하게 되었다.

(탁우회 정회원이 되면 2012년 전체 랭킹을 확인할 수 있다.)

2013년부터 승점 기준이 조금 바뀌었다. 기준은 다음의 표를 참고하자.

	통합 개인 리그전 (부수별, 복식전 제외)				
	우승	준우승	공동3위	하위우승	하위준우승
1부, 1.5부	본인 부수별로 승점 적용	0.5점	0.25점			
2부, 2.5부		1점	0.5점	0.5점		
3부, 3.5부		2점	1점	1점		
4부, 4.5부		2.5점	1.5점	1.5점		
5부, 5.5부		3점	2점	2점	1점
6부		4점	2.5점	2.5점	1.5점
7부, 8부		5점	3점	3점	2점

＊예시 : 우승시 승점 적용 예시 : 4부 우승시 4점, 5.5부 우승시 5.5점

〈2013년 탁우회 승점 기준〉

2012년의 경우 2.5부가 준우승할 때 3부처럼 2점을 부여했으나 2013년부터 2부의 기준대로 1점을 부여하도록 바뀌었다.

2013년 1월 8일. 우승 3점 획득. 계 3점.

1월 15일. 준우승 2점 획득. 계 5점.

1월 22일. 공동 3위 1점 획득. 계 6점.

1월 29일. 우승 3점 획득. 계 9점. 2.5부로 승급.

2월 12일. 공동 3위 0.5점 획득. 계 9.5점

2월 19일. 우승 2.5점 획득. 계 12점.

4월 2일. 준우승 1점 획득. 계 13점.

4월 16일. 우승 2.5점 획득. 계 15.5점.

4월 23일. 우승 2.5점 획득. 계 18점. 2부로 승급

탁우회와 마들 탁구장, 열탁 부수를 정리하면 다음과 같다.

		마들 탁구장	열탁	탁우회
2011년	11월	레슨 시작 5부		
	12월			
2012년	1월			
	2월		5부로 출전	
	3월			
	4월			5부로 출전
	5월	4부로 승급	4부로 승급	
	6월			4.5부로 승급
	7월			
	8월			4부로 승급

		마들 탁구장	열탁	탁우회
	9월			
	10월			
	11월			3부로 승급
	12월	3부로 승급	3부로 승급	
2013년	1월			
	2월			
	3월			
	4월		2부로 승급	2부로 승급

탁우회에서는 승점을 쌓아서 2013년 4월 23일에 2부가 되었고, 열탁에서는 2013년 1월부터 4월까지 단식리그에서 2회 이상 입상하면 승급이 되는데, 4월 14일에 끝난 단식까지 4회 모두 입상해서 2부가 되었다. 마들 탁구장에서는 매월 둘째 주 토요일에 열리는 정기시합에 몇 개월째 참석하지 못해 공식적으로 2부로 qualify 하지 못한 상태이다.

내 주위에선 이런 말을 하는 사람을 많이 봤다. '10대에 탁구를 시작하면 1부가 될 수 있고, 20대에 시작하면 2부가 될 수 있고, 30대에 시작하면 3부가 될 수 있다.' 또 이런 말이 있다. '1부는 선수생활을 한 사람만 가능하다.' 일반적으로는 그런 것 같다.

그런데 내 주위에 있는 1부 두 명(40대 초반)에게 직접 물어봤다.

언제 탁구를 시작했냐고. 한 명은 대학 동아리 때 시작했고, 한 명은 30대 중반에 시작했다고 한다. 두 명 모두 초·중·고 시절 선수생활을 한 적이 없는 사람이다.

나는 30대 중반에 시작했으니까, '3부까지 가면 성공이야!'라는 생각을 하고 있었다면 2부가 되기 힘들었을 것이다. 3부가 된 후에 다시 목표를 설정했다. 2부가 되기로. 기한은 정하지 않았다.

너무 짧은 기한을 정해놓으면 스트레스가 커지기 때문이다. 단지 2부 정도의 기술을 가지고 싶다는 마음을 가지고 꾸준히 레슨을 받고 메모하고 연습하고 시합에 나갔을 뿐이다. 때가 되니까 2부가 된 것이다.

이 책은 나의 개인적인 경험을 나눈 책이다. 나처럼 '레슨을 받고 메모를 하고 영상을 연구하고 시합을 나가면 18개월 만에 세 부수 올릴 수 있다'를 강조한 책이 아니다. 개인적으로 18개월 동안의 경험을 기록함으로 재정비하고 앞으로 어떤 목표를 가지고 갈 것인지를 고민하기 위한 시간을 갖기 위함이다. 거기에 보너스로 탁구를 하면서 좀 더 빠른 성장을 하기를 원하는 분에게 조금이나마 힌트를 드릴 수 있다면 이 책을 쓴 나의 목적이 이루어진 것으로 생각한다.

아티스트의 카페, 탁우회 정보

• 탁구 노트

http://cafe.daum.net/ttnote

아티스트가 운영하는 탁구 카페이다. 탁구 노트와 영상을 비롯
한 여러 가지 자료를 확인할 수 있다.

• 탁우회

http://cafe.daum.net/pingpong

탁우회의 문은 누구에게나 열려 있다. 특히 매너가 좋은 분은
대환영이다. 20대부터 50대까지 운동을 하며 30~40대를 주축으
로 이루어져 있다. 아티스트는 서울 화요 경기에 참여하고 있다.
사이트에 시간과 장소가 자세히 소개되어 있다.

- 최근 근황(2015년 가을)

이 책의 원고는 2013년 5월에 탈고했다. 그 이후 일이 너무 바빠져서 이 원고에 맞는 출판사를 찾는데 우선순위가 밀리게 되었다. 그 사이에 두 번째 저서인 '발성테크닉 43'(예솔)이 2014년 8월에 출간되고 일은 더 바빠졌다.

탁구는 계속 쉬지 않았다. 마들 탁구장에서 약 4년간 쉬지 않고 매달 레슨을 받았다. 동호회 '열탁'에서는 2013년 9월, 12월에 입상하여 1부가 되었고, 마들 탁구장에서는 2015년 7월 시합에서 2부로 출전하여 우승해서 1부가 되었다. 그리고 탁우회 화요모임에는 일과 시간이 겹쳐져서 2014년 1월부터 참석하지 못했다.